观雪，智者见白

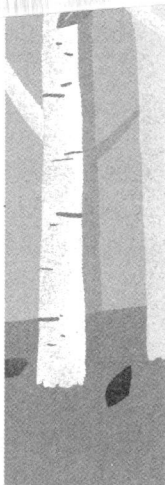

林清玄

给少年的散文

林清玄/著

钟蕾/选编

全国百佳图书出版单位

化学工业出版社

·北京·

本书由台北九歌出版社有限公司授权出版

图书在版编目（CIP）数据

林清玄给少年的散文. 聪者观雪，智者见白 / 林清
玄著. —北京：化学工业出版社，2021.6 （2025.1重印）
ISBN 978-7-122-39010-3

Ⅰ.①林… Ⅱ.①林… Ⅲ.①散文集–中国–当代
Ⅳ.①I267

中国版本图书馆CIP数据核字（2021）第076089号

出品 人：李岩松　　　　责任编辑：笪许燕　　　　版权编辑：金美英
营销编辑：龚 娟 郑 芳　　责任校对：李 爽　　　　装帧设计：王 婧

出版发行：化学工业出版社（北京市东城区青年湖南街 13 号　邮政编码 100011）
印　　装：三河市双峰印刷装订有限公司
880mm×1230mm　1/32　印张 8¾　字数 80 千字　2025 年 1 月北京第 1 版第 3 次印刷

购书咨询：010-64518888　　　　　　　　售后服务：010-64518899
网　　址：http://www.cip.com.cn
凡购买本书，如有缺损质量问题，本社销售中心负责调换。

定　价：39.80 元　　　　　　　　　　　　版权所有 违者必究

无尽意·无尽藏

——致我最敬爱的父亲

那天傍晚，父亲和往常一样亲自载我去桃园机场，不同的是，当天父亲的话特别少，他只一路紧紧握着我的手，一直到出境前也舍不得放开。我笑着抱抱他，请他放心，允诺我一定会好好学习，并把所学和他分享。拥抱过后他温柔地望着我，眼白却逐渐转红，那是我生平第一次见父亲流泪，也是最后一次。我跟着哭了起来，却一边笑着："我很快就会回来陪你们了呀！你不要让我舍不得走。"父亲拍了拍我的肩："小姑娘，要好好照顾自己！谢谢你给爸爸买的新台灯，等你回来，又有新的文章可以读了。"我们俩又紧拥彼此。转身离去后，看着家人的身影越来越小，早已习惯一个人旅行的我，那天却一点儿也提不起劲来。

父亲向来是我冬日的阳光，温暖至极。自有记忆以来，他就是我生命中最温暖的存在，每一个拥抱里面的爱都足以感动整片山林。父母亲从小教育我们的方式，便是每天道早午晚安时拥抱、轻声说句我爱你，这样饱满的爱，至今仍影响着我。此时心里莫名涌上一股酸意："我的人生才不要有别离，尤其是与我最爱的家人。"下机后我提着行李上了车，接到哥哥的电话，他语带哽咽，我还打趣着说是不是太想我了，叫他别担心，我很平安。"爸爸过世了。"他颤抖着，那夜的空气好稀薄，如今忆起还是喘不过气来。

很小的时候，父亲每天睡前都会在昏暗的床头为我和哥哥说一篇篇的床边故事，往往对故事的完整性感到不满足，于是开始每天写新的故事送给我们，说着说着，一年过去，感动又发人深省的寓言故事系列油然而生。我知道，倘若父亲没有丰沛的爱及温柔，是不足以持续坚持的。也因如此，在我们小小的心灵埋下无数良善的种子，是我童年最珍贵而美好的秘藏。家中的每个角落父亲都会摆满一整排书，厨房的咖啡机旁、浴室梳理台前、客厅桌上、卧室的床头甚或家里的每盏台灯底下，走到哪坐下都有书，使我和哥哥从小养成阅读的习惯，懂得独处，也能在嘈杂的环境下借文字静心，排遣寂寞，从中体会单纯的幸福。

假日父亲会带我们去溪边散步、爬山。儿时的游戏是清晨上阳明山，找一块大石落足，通常我们会带着简单的食粮和几本笔记本，爸爸会出一道题目给我和哥哥，《在云上》《秋》《相思树》，等等，我们要在日落前寄情于父亲提供的事物，表达自身的情感，形式不拘，可以是诗，可以是散文或绘画。太阳沉落山头的时候，我们会在回家途中讨论。父亲从未说过好与不好，只是说着哪边的刻画能再细腻些，哪些传递得过于强烈，让我们自己从中寻找平衡，训练我们能将思绪、心和手连成一线，将来在生活中面对一切事物都能更从容地思考，也能带着求好的心把事情做好。一直到今天，我还是会随身携带一本笔记本，随手把周遭的事物和当下的情绪记录下来，戏剧杂记、光影写生、日常生活等，即便记忆流入时间里，那些故事和细节却能真真切切地被留下来。

父亲曾说，在他们那个年代，连买一张车票都好困难，但他依旧向往远行，接着他让文学变成自己的双翼，靠着文学走向远方、走向世界。他总说，我们要走向世界，再把世界带回家。十六岁的时候，我只身前往美国旅行，在加州看夕阳的时候哭了，打了通视讯给他和母亲，一边流着泪说想家，想和他们一起看晚霞，一边纠结地说自己这些天独处时都没有好好创作，感觉在快乐的同时没有好好记录一切，对不起自己和他们。父亲听完大笑了好久，说："快拾起眼泪！小姑娘，你还年轻呀！"接着他和母亲把我逗笑了以后告诉我："十六岁时，你要抓住生活的点；二十岁时，你要画出思想的线；三十岁时，你要铺设生命的面。之后，你要创造影响世界的全面的体。创作就是生活的呼吸，常常调息，养成自己的节奏，就永远不会忘记了。你有天赋的才华，有饱满的爱，这是你最大的资产。"那天我沿岸走着，泪也停了，蹲坐下来，和他们一起欣赏落日。那刻起我了解到自己最需要的是拥有活在当下的能力，好好生活，才是追寻快乐最好的方法。他总说当下是最单纯且最微小的时间单位，一个小时六十分钟，一分钟六十秒，一秒钟六十个刹那，一刹那六十个当下。我们要"倾宇宙之力，活在当下"。过了好多年，我还是每天起床后提醒自己，今天一样要带着爱和勇气活在当下，这么一来，突如其来的挑战也能迎刃而解，能够生活在生活里，在平凡中创造不凡。

刚离开家乡的时候，父亲送了我几本他经典的著作，说等我到了纽约，想念他的时候就到书里找他。没有人料想得到所爱的人能离开得如此突然，无常是父亲留给我的最后一门功课，他让我在无常中学会如何紧拥自己和自己所爱的一切，学会承担与放下，在逆境中快乐，并给予人快乐，让所有坦然成了自然。随着流年转换，我体会到了人生不可能没有离别，思念和悲伤也不会停歇，但如果能从中寻找意义，一切便值得了。

我知道我思念父亲的时候能够到书里找他，也能寻找自己的影子；我知道我还有一双翅膀，从今以后要带着父亲的精神在苍穹翱翔。对我来说，父亲的生命不仅仅只有六十五岁，他写过的文章都是他留下来的生命，它们可以流传好几个六十年、六百年，甚至到更长久的未来。他的文学跨越时空与距离，让所有人在想念他的时候，随时可以与他相见。

希望所有读者都能把自己热爱的事物化为一双翅膀，和我父亲一样，持续做一个深情且浪漫的人。

林亮云

于台北双溪清淳斋

编者小记

"一叶落而知天下秋"，林清玄先生将东方审美意趣和佛家的哲学情怀融为一体，以清丽的笔墨、醇厚的情感，让我们从一个字中看到个人生命与万有空间的庄严，由一朵花领略整个春天的美丽与自然洰渺的气息，以一角日光感受宇宙的温暖、辉煌与苍茫。

本丛书共三册，《不雨花落，无风絮飞》集合了作者对自然的理性认识。作者关注世界，关注自然，发掘其中的哲理禅趣，注入了博大的悲悯情怀，香花水月、雨雪风云，天地有大美，宇宙有宏境。《日日好日，步步清风》主要围绕作者对生活的感悟体验展开。我们将同作者一道，深刻认识生命里的"常"与"变"，并生起悯恕之心，对生命的恒常有祝福之念，对生命的变化有宽容之心。《聪者观雪，智者见白》在对历史的追寻、周边事物的审视中展现了作者对生命的智性哲思。春夏秋冬的岁月中，冷暖炎凉的人生里，作者的文字让我们微笑着看岁月往事一点点淡去，在跌宕起伏的人生中，保有温和与优雅。

林清玄先生的散文超然尘俗，又回归世间，在眼前与回忆中的人物、景物间自主行走，在现实场景和历史事件间来去自如，以散文的笔法和诗的意境，对自然万物予以体察领悟，对社会问题加以审视反思，对理想人格进行书写呼告，在都市的车水马龙、高楼大厦之间，秉持着对希望的期待，对美好的憧憬，表达了自我的生命哲学和生存价值观念，通过"生活的经验"寻找"心灵的故乡"，探索"精神的家园"。

目 录

我有明珠一颗，照破山河万朵

浅的是平常事，深的是国家民族的历史积淀，重的是人道精神的光辉。

人道精神的呼唤

今年的奥斯卡颁奖典礼又在掌声中落幕，其中有两座"珍赫晓人道精神奖"，颁给已故的女星奥黛丽·赫本和永远美丽的伊丽莎白·泰勒，听到他们的致辞，格外令人感动。

奥黛丽·赫本的奖由在《罗马假日》与她共同演出的格利高里·派克颁发，她的儿子西恩·赫本·费勒代为领奖，他致辞时说："我的母亲相信，每位儿童皆有权利活得健康，有希望，得到爱抚和能活下去。我代表我的母亲，把这座奖献给天下所有的儿童。"

赫本是由于晚年任联合国儿童基金会的亲善大使，而获得这项人道精神奖，她几乎把晚年岁月全部奉献给非洲的贫童，曾数度深入非洲最苦难之地，即使身罹癌症也不改其志。

伊丽莎白·泰勒则以赞助艾滋病的研究得到这项奖座，她致辞时说："这是我自同行手中接获最高的荣誉。今夜，我请求诸位协助，请各位自内心深处证明我们是人，证明我们的爱胜过我们的恨，我们的热情比我们的抱怨更强烈。"

我时常觉得奥斯卡金像奖由谁得奖是无关紧要的，因为能够入围的明星个个都有资格得奖。也有机运不济，一直不能得奖的，像今年的克林特·伊斯特伍德苦等三十九年，阿尔·帕西诺则熬过了二十年，他们得不得奖都不掩其光芒。

但我觉得奥斯卡的人文因素是重要的，像今年反英雄的电影《杀无赦》，刻画自由独立女性的《此情可问天》，颂扬人的尊严的《乱世浮生》，刻绘父子亲情的《大河恋》，都有极深刻的人文因素。在这些人文电影中，自然会孕育出电影明星的人道精神。从今年《闻香识女人》的盲上尉，我们可以想到近几年令人难忘的《象人》《甘地传》《我的左脚》《与狼共舞》《雨人》等电影，都是站在人道的立场来拍摄的。

电影乃是反映真实的人生，伟大的明星在电影中可能是短暂的，在人生中却可以恒久，因此具有人道精神的明星必会得到更永恒的光芒。

人道精神乃是站在一个人文品质的基础上，因此电影虽是人类梦想的工厂，却也具有强烈的入世精神，舍离入世的实践、关怀、热情、可爱，而想拍出动人的电影，几乎不可能。基于这种反省和自觉，电影从业人员更深入人间事务，承担更大的社会责任，实是大势所趋。

苏珊·莎兰登与提姆·罗宾斯呼吁美国政府善待罹患艾滋病的二百六十六名海地人。得到最佳纪录片奖的芭芭拉·崔伦特则为巴拿马人权呼喊，她说："我们要把此奖献给全世界为正义、真理与和平努力的人，也特别感谢四位因拍摄此片而丧生的人。"

这些人道的呼唤，使我们知道奥斯卡不只是虚华的电影之梦，而是由一群对人类、对世界有感情的电影人所支撑的。

当我们看到奥斯卡的颁奖典礼，许多人羡慕他们的硬件，也有人歆羡他们的电影工业，我却觉得更值得学习的是这种人道精神。我们也有许多的明星，集社会的宠爱于一身，是不是也愿意为世界的公平与关爱来奉献身心呢？

我们的金马奖，说不定也可以每年给最具有人道精神的电影明星颁奖！如果电影明星普遍具有人道精神和人文素质，我们会更乐于去看电影，不是吗？

厕所前的范曾

在阳明山上供人洗温泉、喝茶、吃饭的地方，挂了范曾的许多作品，甚至连厕所前面也挂了几幅。问起来，主人还不知道范曾是谁，他活到六十岁还没有听过"范曾"这两个字。

"那么，你怎么会有这么多范曾的作品呢？"我问。

"呀！那是我儿子到大陆去旅行，看到这些画不错，又便宜，一张才一百元，就买了一大叠回来。"

"你知道这是有名的画家吗？"

"管伊有名无名，好看就好了。"

当然，这些"范曾"都是伪作。有一张挂在厕所外面的八仙图，技法不错，几可乱真，显然是受过良好美术训练的人模仿出来的。

在深山里看到这么多范曾的伪画，使我心中颇为感慨，感慨于伪画无所不在。一个完全不认识"范曾"这两个字的人，在大陆的路边偶然间还可以买一叠范曾的假画，那么有心于造假、有心于买卖假画的人，遇到假画的概率更高得多了。

不久前，范曾来台湾展览，曾公开为收藏范曾画作的民众评鉴真假，结果发现在为数几百幅的画作中，只有寥寥数幅是真迹。有一些假画甚至连范曾本人都表示"仿得太像了"，如果不是他本人鉴定，一般的行家也看不出来，由此可以看到伪作泛滥的情形。

最近，被称为近代大家的张大千作品在美国展览，展出许多化生前摹古的作品，很引起议论。论者分成两派，一派认为中国艺术本来就是从模仿习作开始，因此艺术家在成长过程中临摹古画根本是不可免的。一派认为摹古是一种劣习，不免认为像张大千这样的大师也染上污点。

正如"艺术"与"色情"是永远不能理清的问题，"摹古"与"伪画"也是难以评断。

但是，我觉得可以从三个方面来判断一个画家"摹古"之必要，一是动机，二是历程，三是目标。

在动机上，我们可以清楚地看到一个画家是出于学习、研究或是牟利、欺世，摹古的画作如果能幅幅有出处，并且不流入市场，不出售图利，不鱼目混珠，则摹古几乎是一个中国画家必要的途径。

在历程上，一个有志于艺术的人，也应该像禅师所说"丈夫自有冲天志，不向如来行处行"。把参学、模仿的时间缩短，并在其中寻找自我风格，每有摹古，必出新意。

在目标上，艺术家自我的成长，必然使他能很快走出摹古的阶段，找出自己的方向，如果到五六十岁还在摹古而不放，就不可能做出什么成绩了。

从这三个角度来检视张大千的摹古画，我们可以看到张大千虽然在壮年之前做许多摹古画，却是在为自己的艺术做准备，像他到敦煌去摹古，报纸杂志都还登过不少报道。可见他在摹古画上是抱着坦然的态度。而他后期开展了破墨画法，已使他的成就与他所模仿过的古人并驾齐驱。在这一点上，我觉得大千居士的模仿是有其道理的。

反过来说，如果模仿的动机是图利，在历程上无法从模仿中学习，在目标上则不试图寻找自己的方向，那么就是伪作，像挂在厕所前面的范曾图绘了。

我时常在艺品店里看到许多"伪作"，像齐白石、傅抱石不必说，连张大千都有伪作了。朱铭的木刻，从最早期的水牛，到近期的太极系列都有人"伪刻"。这些作品的售价还颇不便宜，制造的人与贩售的人都是其心可议的。

摹古是为了创作而存在的，其必要有如伟大的交响乐之于作曲家；伟大的文学经典之于作家，是训练的基础与灵感的根基。但是无法创新的摹古，则正好是扼杀创造力的刽子手，成为劣品、伪作充斥的世界。

　　不只艺术如此，人生也是如此。再好的人生经验，再伟大的人格志节，再不凡的大师，都只是我们引路的灯盏，人生的好坏要自己经验，伟大的人格之塔要自己建造，不凡的生活要用心经营，都不能假手他人。

　　如果我们的人生只是在拷贝别人的影子，那就好像在路边出售伪作的人，最后只能一张一百元勉强挂在厕所前面了。

仰望祖先的天空
——永远的土地

透早就出门，天色渐渐光。

受苦无人问，行到田中央。

行到田中央，为着顾三餐。

顾三餐，不惊田水冷霜霜。

这是一首流行的很普通的民谣，它的旋律简单，内容也是单纯地为了生活。但是如果我们从比较深沉的角度来沉思，可以从此发现土地和人民根深的情感

关联，人在土地上辛苦地犁播不能说只为了填饱三餐，其中有更深的生命理由。

所以我们要了解土地，最必须的是观察土地和人的关系，这样我们才能知道土地的美与动人不是土地本身，而是人在其中流血流汗地慢慢灌溉——有什么感觉能比隔宿的田水淹没农夫足踝的冰冷，更能给我们证明生命的强韧，除了未被水泥和柏油污染的土地，什么地方我们才能一步走出一个脚印？

土地不只是地理的，它也是历史的。

我们走在自己的土地上，最感动我们的永远不是土地上的景观，而是隐藏在土地内部源源无穷的生命力，它在时间的流变中永远不变地生养我们，成就我们。

我们走过田路，最能贴近我们心头的是，农夫弯腰插秧的美丽姿影，或者农夫收成时脸上甘甜的笑容，甚至灾害过后农夫愁苦的样貌，这时我们感知土地的力量——这美丽、甘甜与愁苦都是因为土地，如果没有了土地，失去了立足点，人的生活就不会多样而有风貌。

我们的立足点是土地，是祖先留传下来的土地，我们的信心也就建立在祖先留下的土地上：它总是在艰苦的耕耘后有喜悦的收成。

╱ 曾经争战着风沙 ╱

在我们的土地上，无论站在任何地方，抬头四顾，会发现只有我们曾经一步步长大的土地是最美的，它的美来自它的质朴与单纯，可是如果我们再往里追探，土地为了维护它的质朴与单纯，曾经付出相当大的代价。

我们的土地曾经争战着风沙，它每年要忍受夏季狂暴的台风，冬季来自东北的诡谲寒流，以及随时随地从地层深处冒出来的地震。在过去的数百年中，祖先留下的这块土地，曾经被荷兰、西班牙、日本等"红毛""白毛"践踏过，曾经被占据再收回，被割据而后光复。面对内忧外患，土地只是安静沉默地度过，在另一个更明亮的日子再度勃发它的生命力。土地的生命力是无穷的。

我们很容易被活的事物感动，因为它们的迅捷轻巧在一刹那就能让我们感知到生命的力量。我们会感动于天上掠过的飞鸟、林间跳跃的松鼠、田路上荷锄的农夫，但是这些仅仅是土地的一小部分。它们在风雨来时要找寻遮蔽，它们要依靠土地维持生活，它们的生命有时而穷，土地，却是无穷的生命之源。

对于土地有一个真理：凡壮阔的便能够干净，凡干净的便能够开阔，凡开阔的便没有哀伤。

因为土地的无穷，它便和历史有了不可或离的关系，土地所拥有的山脉、河流、村庄也就在历史的演变中扮演了重要的角色。

追溯到台湾土地的垦发，依据考古学家掘出来的稻粒推算，是在两千七百年以前，至于更早期的原始住民美拉尼西亚、波利尼西亚和小黑人等，都已经灭绝而没有留下任何行迹，所以台湾早期的开发者，是现存于台湾高山族的祖先，可惜他们一向过着简单的游猎生活，土地并没有被充分利用。

谈到台湾土地被充分地利用，土地有更鲜锐的活气，要一直到明郑时代。

在台湾的汉人足迹历史上可以求证到的，至少在宋朝末期。那时在中国中原地区辽夏相继来犯，继而是金人的入侵，南宋偏安江左，闽浙的人口因此大量增加，沿海的岛屿都成为新兴的开拓地。逐渐增加的人口南迁台湾，福建的泉州也在人口的流动中成为当时的贸易大港，向往宝岛之名而来的人民络绎不绝，打开了汉民族移居台湾的先声。

到元朝的至正十八年（一三五八年），澎湖置“巡检司”，隶属于泉州同安，是我国在台湾建置开始，也陆续有汉人到澎湖和台湾定居。

台湾开发的大规模行动一直要到明朝初年才开始，最先是由私人经营，小有规模后才由政府正式拓展。史料上记载，十七世纪荷兰人据台的末期，台湾本岛有汉人两三万户，人口约计十万，大多是来自广东和福建两省，由此可以看到郑成功来台之前的规模。

　　但是在这一段漫长的开拓史中，土地的开垦都是局部而小规模的，而且受到大陆余绪的影响，土地难以发展出自己的风格——可是大陆与岛屿的地力与利用是不同的，因此台湾这时期的土地犹未显示出它的功能；直到公元一六六一年郑成功以四百艨艟，载两万五千兵卒攻略荷兰，台湾重入中国版图后，与大陆保持微妙的关系，才在郑成功的雄才大略中，发展出土地的自我格局。

／ 永远的土地与河流 ／

　　明郑后的土地风格是什么呢？

　　在郑成功以前，土地与河流的关系十分密切。首先是渔民在河流的出口处从事渔业，自然在河海交界处形成海港，现在的台北的万华（艋舺）、台南的安平港、嘉义的北港（笨港）、彰化鹿港等，都是早期移居的汉人的集中地。然后才从海港沿河流向内地开垦，慢慢由渔业发展出农业，再由农业人口的支撑，形成了通商的港口。

郑成功率军到台湾，实施军屯政策，才打破了依河开垦土地的格局，有秩序地向更广大的地区开垦。

所谓"军屯政策"，就是一边屯兵一边开垦。郑成功时期开垦的屯田多达四十余个地方，大部分集中在南部地区，称为"营盘田"，现在台湾南部地区像柳营、新营、后营庄等地名都是那个时期的遗名，从这里也可以感受到历史在土地上的烙痕。

但是在明郑之前，荷兰人和西班牙人已经在淡水河沿岸积极地开垦，形成南北两地对峙的局面——台湾的开发到那时才初具规模。

在明郑时代，使台湾的土地耕耘出比较清楚的面貌的有下列地区：

台南、嘉义一带平原

凤山北方平原

斗六至林圯埔的水沙连地区

彰化半线地区

新竹大甲溪一带

台北淡水河沿岸

基隆河沿岸、基隆海口地区

恒春地区

我曾在这些旧时开发过的土地上驻足。历史的脚印走过，两相交叠，三百年来的形貌虽一再改变，我们还能找到早期的先民在土地上的努力耕耘。顺着这耕耘的脉络，我们伏下耳来，仿佛可以听闻祖先锄头耕在地上的咳声。

最美的是土地和河流的景观，我们只要留心就会有一种经验，穿过稻田的河流是清澈的，然而在稻田的映照中，河流也是一片绿色，河流的动与土地的静仿佛是一种快慢相同的节奏，这种节奏是最有力的节奏，也是永恒的节奏。

/ 森林的多种风貌 /

谈到河流，我们沿着溪石往河的根源处走去，愈走愈深，平原的壮阔与干净慢慢地褪去，浓密的森林就逆着河站在我们的眼前来。

在台湾的地理环境，山脉与森林占着极重要的地位，基本上，山脉与森林是相结合的，没有森林就没有沃土和河流，没有沃土与河流即没有农业，也就没有今日的台湾了。

但是台湾过去的开发只限于平原地区，山地的森林成为山地族群的居住地，他们以天为幕、大地为床，顶多只有简单的居所，又在早期山地人与汉人间的冲突时起，汉人极少入山开垦，致使森林都维持原貌。一直到日据时代，日本政府才大量地在台湾开采木材，森林才得以初步开发。

森林和山脉带给我们无限希望，它在生态环境里扮演平衡的重要角色。由于台湾平原的腹地小，如果能有效地利用山脉来开发森林，必然能使人民的生活范围至少增加两倍以上，这种森林地的开发并不会影响到人民的生活水平。如今因为水电的便利，山地人的生活与平地轩轾，在情趣上则更别有一番滋味。在平衡生态环境的适当范围有效地开发森林与山地，是今后土地开发的可行之道——它与海埔新生地是一体的两面，对于海岛环境的土地利用与扩展有其不可忽视的意义。

我们的土地虽然处在亚热带和热带之间，平原地区四季如春，便不如山地来得四季分明，依着高度的不同而有季候的明显划分，有热带林，也有寒带林。因此我们的森林格外可爱多姿，不但提供了保持水土、提供水源等实用目的，还有极富美感的观赏价值。

在中部，我们沿着埔里、雾社、庐山，一直往上到合欢山，便可以一路从热带走到寒带去，只要一天的时间，就有几种不同风云的经验。森林的变化，山脉棱线的变化，云与雪的变化都是美得让人屏息。

台湾森林景观的美与变化，用专业的术语说是"林相丰富"。

根据林业专家的调查，台湾野林（尚未开发的森林）面积达到二百二十七万公顷，光是林木分布因山坡高低不同，而有八百种之多，林木包括热带阔叶林一亿三千六百万立方公尺①，寒带针叶林约一亿两千七百万立方公尺，高度在五百公尺以上的山地与丘陵地，占全省总面积的百分之六十四。

对于只模糊知道森林的我们，这些数字是天文般的庞大，但是天文也不是不可解的，不是永远能保留一定面积的。这些年来，由于经济高速的发展，林木的需求大增，在林木的环境保育认识不清下，森林遭到无知的垦发，不但森林愈退愈小，资源的利用也亮起了警灯。当人们剥除了森林一层层的绿色外衣，暴露出光秃秃的地表，当雨水将大量泥沙冲刷到下游，不但损坏了灌溉和排水系统，也使粮食生产和鱼类的生存受到了威胁。

清康熙三十六年（一六九七年）郁永河曾描述：

自斗六门以上至淡水，均荒芜之区，森林遮天，荆棘丈余，为汉人足迹所不能到。

可见在二百八十年前台湾还是原始森林之地。在日

_____

① 1 公尺＝1 米。

据时代虽然开发得最多，林相的破坏也最厉害，凡人迹所能到的山地，无一不被损坏，土地是增加了，人的生活范围也扩大了，从短期来看有很多益处；可是水土流失了，动物绝种了，土地污染了，从长远处着眼，对于整个生活环境是有害的。以梨山下面的德基水库为例，由于原来的林木受到滥垦，改植冬季落叶的苹果，失去维持水土的功能，在夏季大雨时期泥沙在水库积存，水库为之淤浅，不仅损坏水管、闸门，也妨碍了轮机的运转，冬季则水土为之干涸。

据专家的估计，一九七一年调查时，德基水库至少还能维持一百二十年的寿命，但到一九七六年调查时，只剩下六十年的寿命，由于我们的无知戕伤了水库一甲子的寿命，想起来叫人浩叹；一旦德基水库寿命终止，我们必然会花上比维持林木多出数倍的经费与人力才能享受原来发电和灌溉的便利，对我们的现实生活影响是巨大的。

从土质的眼光看，台湾的土地大部分的构成是容易被风化和侵蚀、冲刷的黏板岩与叶岩，幸而上苍赐给这些脆弱的土地一件长青的绿色大衣，在"林冠"的保护下阻挡了雨水的冲击，杂草、枯叶又吸收了大量雨水，剩余的才往平原地流去。

为了保护我们的生活，以及我们环境的生态，我们应把森林当成生命的有机体，我们不能既砍掉生物的手足，又希望它能发挥正常的功能。我们也不能只见秋毫，不见舆薪，当我们用秋毫之末取暖时，是不是想过舆薪更能带给我们热量呢？

森林是无言的，但是因为它的无言，更显出深沉的个性。群山默默，阳光轻轻穿透森林的帽子，洒在这片沃土的大地上，我们便深深地感受到这真是个美丽的岛，设若失去了森林，所有的美都是假的，是空虚的。

森林，是台湾美丽的景观，也是台湾生机的命脉。

/ 动物之源 /

为什么说森林是台湾生机的命脉呢？

　　森林并不光指林木，也不光与土地有不可或离的关系，森林是指林木、下层植物、林地与野生动物所构成的有机生命体。我们要了解森林的生命之源，也应该探索到动植物的世界。

　　在植物的世界里，依据植物学家的统计，台湾植物的种类占全地球植物的十二分之一，这种复杂的植物类别显示了台湾土地生命力的旺盛。依据地质学家的研究，台湾与大陆的分割可以追溯到地史上新生代的第四纪（即约一百九十万年前至八十万年前这段时间，称为"更新世"），这段时间的前半段，大陆与台湾的土地是连在一起的。因此，追寻到台湾的史前文化和台湾的动植物，可以说和大陆江南沿海有共通的地方。

　　台湾海峡目前海水最深的地方只有六十多公尺深，一百公尺以上的深线，只在基隆北方海中和澎湖的水道部分。因此，如果海面降低一百公尺，使海水向南和向北退出，则台湾陆地、台湾海峡和大陆便成为连成一线的干陆，在地质学上这种脐带相连，必须依据很多证据，但是我们只要做合理的推测便可以得知。

过去，台湾澎湖既然和大陆相连，显示在地质学、地史学、地形学和生物学上是一体的；也就是说，台湾的一虫一兽、一树一草都是从大陆传来的，且有"中国特有的动物群和植物群"。一般说来，比较早期从大陆来的动植物生活在较高的山区，比较晚期传来的则生活在较低的地方——这种生物的分布和地壳运动有很大的关联。所以在台湾的高山区有熊、豹、山猫、老鹰、梅花鹿等动物，也有桧、杉、槐等植物，都可以成为台湾的生物之源与地质学的佐证。

我年幼的时候生长在山区，家里拥有四百公顷林地，高度大约在一千到两千公尺之间，屋前是壮美的梧桐林，屋后是亭亭矗立的桃花心木林，是已经经过开垦的。再往山内走去，有许多不同的未经开发的林木，连在山林中生活了五十年的父亲都无法认识完全这些林木。森林中更是飞禽走兽千奇百怪，几乎每天在山中工作都可以发现从未见过的动物和植物。这种种惊叹，可以让我们看到台湾土地丰润的滋养。在一千公尺左右的山中都有这么丰富的生物之源，更高的山上就可想而知了。

我们以海拔将近三千公尺，众人所熟知的阿里山为例，能由小见大，看到台湾植物的景况。由于阿里山大部分林地已有计划地开发，只剩下少数的原始林，或者我们也能从其中窥见植物与人生活的密切关系，向横张开，固能见到植物与人关联的生活面，往纵线看，阿里山的高度适中也能体会到森林的纵的面貌。

/ 森林的金矿 /

从嘉义坐具有历史的小火车往阿里山，千回百转地沿山而上，是一种相当特殊的经验，穿过它的每一个山洞，几乎都是一段不同的林相，愈往上愈深冷，一直到阿里山车站再转搭林务局的小火车向深处，就可以看到南洋松和白桦林整齐而撼人的景观。

我每回上阿里山，火车以很慢的速度前进，眼见高大雄伟的红槐、冷杉、扁柏，还有许多不知名的林木自眼前冲来，那是很奇妙的感觉。火车的慢和树的高大好像是电影里的慢动作，移动虽慢却比强速的动作具有更大的震撼力。一棵棵高可遮天的神木矗立耸然，几千年来森林就是这样与世无争地站在天地之间。

穿过隧道的感觉呢？一首深埋在山里的民谣便涌动出来：

火车行到咿都啊末咿都去

哎哟

磅空内（隧道里）

磅空的水咿都丢丢丢铜仔咿都

啊末咿都丢啊咿都

滴落来

民谣说的只是一种行进隧道的火车单纯的感觉，我们不能确切地说它代表什么意义，却能感受到一种飞扬奔放的生命力——这生命力从人心出来成为民谣，从土地出来就是森林，正如我们无法说出台湾森林确然的面貌而能感知到森林的力量与骄傲。

我常想，稻子如果是土地平静时所滋生的，森林，就是土地在狂欢时的孕育了。

阿里山土地的狂欢孕育出一百多种的林木，它的开发应该追溯到乾隆初期地方英雄吴凤的身上。吴凤那时候任阿里山通事，他改变了曹族山胞"猎人头祭神"的习俗，使得汉人敢于到阿里山下买卖皮革和药材，也使得清廷在同治时代设立的台湾垦务总局伐木局，注意到阿里山木材蕴藏的丰富，可惜尚未开采，伐木局即被废止了。一直到一九〇三年，才在日本人手中订出了阿里山森林采伐的计划。经过几度搁浅，终于在一九一二年正式通行火车大量开采，因为获利丰盈被日本林业人员称为"森林的金矿"，足以反映出森林的价值。

／ 行尽多少崎岖路 ／

妹同阿哥去爬山，

手把手儿肩并肩；

行尽多少崎岖路，

不到山巅不回转。

这是流行在新竹关西一带的歌谣，反映出生命与山之间的关联，用到阿里山的开采来，确实也是一番崎岖的道路。

阿里山森林包括十八座高山，总面积达三万二千公顷，日本政府虽然曾费了一番苦心要把火车行到两千公尺以上，但是建造这条铁路的人工却是我们的祖先，他们流下血汗搬枕换木才使得铁路通向山巅。我的父亲十七岁的时候，就有一年多的时间被征调到阿里山做苦工，才奠定下了他后来回到南部乡下自己经营林地的决心。

阿里山森林的分布包括了热、暖、温及少数寒带林木，火车行过的平原地大多是果林与椿树，上到"独立山"，楠树、栓树、樟树、槠树等暖带林一一展现，到了"平遮那"，一路上都是松树、铁松、扁柏、亚松、红桧等温带林，景观的变化十分丰富，也使得阿里山不仅有林业价值，现在更是观光的不可不经之地。

现在，阿里山的林木大约有一百五十万棵以上，约六百余万立方公尺，在轮伐的政策下，可望保持下去。

我们站在阿里山顶上，看云起，看日出，看大鹰飞入林深之处都是一种感动，感动于大地之美与大地的不可尽，但是更深的震撼来自我们俯望那连绵的起伏雄叠的山之巨灵——森林。我相信在无声之中，林中有一股血正从大地的深处缘木激流而上。

事实上，大地的血不只供应在阿里山的森林，也供应到占台湾面积五分之三，三千余座山脉里的每一株林木。每株林木生长到可供利用约要经过八年，从这个角度看，那该是一条多么崎岖的道路啊！

我们飞升起来，从空中看我们美丽的岛屿，它如同有机的生命体，里面都有血管流经，森林乃如毛发一般，吸取体内的养料，又保护着这有机的生命体，并使之更美丽。

阿里山的森林及植物能使我们看到台湾林木的端倪，倘若我们再往高处看，阿里山山脉仅是名列第四的小山了，在三千公尺以上的山峰有纵贯全岛的中央山脉，还有拥有四千公尺高峰的玉山山脉，以及从台北延伸到台中的雪山山脉，都是可资开发的林地。

林业经营以阿里山林场和兰阳溪上游的太平山、大元山林场，以及大甲溪流域的八仙山、大雪山为重点，同样地也利用登山铁路和铁索道开采运木下山，使嘉义、罗东、东势成为最重要的木材集散地。

由于山脉之多，也形成河流的短捷，然而在台湾的高山上，因为有河流更是林木苍郁。我们乘车去走苏花公路，在东部陡直的海岸线上行走，一边是直落到海的太平洋，另一边则是看不到顶逼往青天的高山，这种景致很宜于联想到我们森林的高深。就在那些高山中我们还可以看到依生在林木之下的草木，还有苹果、水蜜桃、梨、龙眼、柑橘、荔枝、葡萄、莲雾、杧果、木瓜等果树四季不断，种类之多几乎无法尽数。

/ 辛苦的耕耘喜悦的收成 /

我们从高而陡峭的山上下来，很快便到了千里无尽的平原地了，白天里我们几乎到处可以看到辛苦耕耘种作的农夫，这时我们知道我们的生命之源不能光靠森林，森林虽然供给我们住屋、家具以及所穿的衣服、食用的药草等等，到底不如农田能使我们顾到三餐。

在台湾南部流行着一首名为《恒春农耕歌》的民谣，歌词是：

一年过了又一年，冬天过了又春天。

田里稻子青见见，今年一定是丰年。

水牛赤牛满山圃，看牛囡仔唱山歌。

青年男女犁田土，顶埔下埔相照顾。

不但让我们感觉到农村的氛围，也让我们看见了农田上活泼的景象。台湾高温多雨，加上人民努力的耕作，年年的丰收是农民可以预期的。台湾的三大农产是稻米、甘薯、甘蔗。

日据时代，台湾是日本粮食和原料的供应地，然而人民的生活却普遍的艰困，每一个在日据时代或台湾光复初期长大的人，必然不会忘记年幼时天天吃"甘薯签饭"的景况，若有一餐吃到白饭，已经认为是上苍莫大的恩赐了。因为我们对土地的信念，并未使我们因吃甘薯饭而绝望，有时我们吃过甘薯的晚饭正在屋外乘凉，太阳已经西下了，但是我们生命的火炬仍燃烧得通红，我们虽然看不见太阳了，但是它的余晖仍然辉映着我们的天空，我们相信明天，明天的太阳会使田里的秧苗长高长大，使我们有一天能吃到白米饭。

我们的愿望在台湾光复三十年来终于实现了。现在即使最贫穷的人民，三餐不但有白米饭，还有其他佐膳。在我们田园的梦乡里，甘薯已经远远地过去了，以往是人民的主要粮食，现在则用来制酒和饲料，都市里有烤炸甘薯，成为食用的珍品。

农业的台湾，拥有许多勤劳的农民，努力于粮食的生产，只要可以生产粮食的地方，就有勤勉的农民在那里耕作，为了增加耕地面积，田与田之间只有一条供单人行走的田埂，可以利用的山坡地全部被辟成梯田，所以台湾的耕作土地是毗连的，一块接着一块，正感知农民的勤劳及俭省。

关于农田，有两种景观是我们常见的，我们站在中部大平原的田埂中，往四周环顾，几乎看不见稻田的尽头，只是一片青绿的绵延，在远方有雾气笼罩，更衬出稻田的邈远和美丽；我们登上高山，往下俯望，则是一块稻田隔着一块稻田，像阶梯一般接续到山下，田里的水反映着日光，一片灿亮。

这种看似简单的景观并不是自然生成，它是我们的祖先一锄一锄所开辟出来的，尤其在山坡的地方，更是一个石头一个石头捡成的平野。

我们的土地几乎是生动地写着一首史诗，史诗上记载着农民的血与汗。

/ 文明的基础——伦理 /

农民对土地的眷恋乃是自然生成的感情，有再高的收入他们也不愿离开土地。

我曾在许多地方访问过一些农民，以台中县的梧栖镇为例，由于台中港的建设，使梧栖的地价几乎涨到百倍以上，一个拥有一甲①地的农民，他的土地可以卖到千万以上的价格，如果卖掉土地，他坐吃利息也能过很好的生活，如果投资工厂，收入更不可以道里计了。

但是他们不愿离开那块世代耕耘的土地，理由很简单："祖产怎么可以随便出售呢？"

于是，他们依然居住在用砖和竹料建成的农舍，

———

① 甲是台湾农民计算田地面积的单位。1 甲约为 0.97 公顷。

农舍的窗户很小，只有一个向外开的大门，一间厨房，一间堂屋和几间仅供居住的卧房。另外有堆机器和燃料的储藏室，打谷场、粪坑、菜园甚至畜舍，都建在房屋附近——这种建筑景观几乎是台湾农村的共相，又由于农村里很少独家立屋，都是相望为邻的散村，使得农村到现在还维持着很好的人际关系与伦理关系。

我在乡下常常观察农民的生活，有一个有趣的现象很吸引我。乡下的建筑常有"祖厅"，"祖厅"里供奉着祖先的牌位和他们信奉的神明，"祖厅"的门通常有一个一尺高左右的门槛，这个门槛并不是简单的门槛，它代表了非常重要的意义：它隔开了屋里和屋外，使乡下农民在复杂的人际关系中还能保持生活的私密性。我在年幼的时候，偶尔无知地坐在门槛上，就会惹来祖父的斥责。他称那个门槛为"户定"，那上面是有屋宅守护神的，怎么可以坐在神明的头上呢？还有每次大人们要出门耕作跨过那个"户定"前，一定要先整肃仪容和言行，因为"那一步跨出去，就是祖先的土地了"。农民们对土地的敬爱，和他们维持人际关系的微妙都在那个"户定"里表露出来了。

说到伦理关系，过去的农家都是大家庭，成员有时多达五十人以上。他们通常和睦，因为最大的家长具有相当大的权威，从他们居住的位置可以清楚地知道。父母通常住在祖厅正后面的堂屋里，若有祖父母则住在中间的最内进，儿女们住在两边厢房，围成三合院，中间则是一个方形的庭院，伦理的交通则在祖厅（也是客厅）和庭院中进行。我们可以用一棵树来做比喻，祖厅所在的中间房子是树的枝干，两边分出的厢房则是树的枝丫，而祖先呢？正是大树深埋在地底里的根。这其中自有紧密的联系，是不可分离的，也因为这样的关系，才能绵延不绝地开出伦理的花果，也才能在浓荫之下，仰望祖先的天空。

中国人具有"天圆地方"的观念，因此生活的形式是方正的，所有的变化也均是以这方正为基础而发展出来的，所以说，台湾的基础在农业，而文明的基础则在伦理，若没有这种强固的伦理观念，所有的文化都将是奢谈。

/ 让祖先的灯一直亮着

为了了解伦理的基础，我们到屏东一带的六堆地区去，看看三百年来的台湾人是怎样地生活着。

"六堆地区"包括了高雄县美浓镇及屏东县的内埔乡、潮州镇、竹田乡及其附近早期开发的地方，它的开发时间大约在清康熙二十六年（一六八七年），所围绕的地区则是屏东下淡水平野。

"六堆地区"位处偏僻，接受现代文明较迟，加上当地居民观念的固执，宗族观念较为浓厚，使得它幸运地还保留了三百年前的原貌。宗祠、祖庙到处林立，一般人家没有富丽堂皇的"祖厅"，很自然地，它的整个居住形式仍然维持了三合院落，未曾更变。

我们走进了这一个维持了淳朴风味的地区，最触目惊心、发人深省的是镌刻在大门口的对联，它们这样写着：

中山世系

炎黄家风

钟山启绪

颖水流徽

瘴雨蛮荒开祖业

高山流水仰宗风

香飘翰墨家声振

谷产英材国运昌

高山流水琴心古

舞鹤飞鸿翰墨香

四房合祀尊先祖

万派朝宗启后贤

再抬头看门楣上，则写着"颍川堂""西河堂""陇西堂"等等，使我们感知到他们追怀祖先的诚心正意，意念之诚，竟使得他们得以维持这种伦理关系，无畏于现代潮流，经数百年而不辍。

再从大处看，所谓"六堆"的来源，在竹田乡西势村的六堆忠义祠有一块石碑记载了一段重要的史实：

……及清朝……乃相约划地为营，联庄为垒，分先锋、中山、前、后、左、右六个地区，作适当防御之基地。南出佳冬、枋寮，北接美浓、六龟，其中包括松林、高树、长治、盐埔、麟洛、竹田、内埔、万峦、新碑及里港之十余乡镇之广大地区，类多聚族而居，结村自保，是以六堆之名见称焉。

从这块石碑来看，所谓"六堆"无非是开拓初期的自卫组织，就因为有这样的历史渊源，使今天的六堆还可以看到以六堆忠义祠祭典为中心而团结的风气，也因于这样的血脉流承，六堆地区还以祖先为中心，过着农业的生涯。

最让我们感动的是，我们走进如今保留完好的宗祠、祖庙、祖厅中，会发现祖先面前的两盏灯永远是亮着的。它从黑夜亮到天明，再从黎明点到暗夜，几千年来就亮着，从中土亮到美丽之岛的偏僻一隅，它仍然会继续亮下去。那两盏小灯不但是伦理的基础，也是生活的信念，因为人人心里点了灯，所以处在无论如何艰苦的环境中，他们长燃的希望也不会被熄灭。

╱ 天恩——一年三熟的地区 ╱

六堆人对祖先的信奉和对伦理的尊重不仅是来自传统，也来自生活。在高屏地区，稻米的收获量得天独厚，由于气候温热，灌溉充足，农民的耕地一年可以三获，是全世界最宜于种植稻米的地区，难怪当地的居民把它归诸于"天恩"。

每隔四个月可以收成一次的稻米，虽然使农家更为忙碌，农民的忙碌也使得屏东平原成为稻、蔗、香蕉和椰子的主要产地。在中国农民的成语里有一句话说"春耕、夏耘、秋收、冬藏",到了屏东平原就用不上了,它是"春收、夏收、秋收、冬藏",有时候甚至即使是严冬,也可以看到农民们收割稻米,因为屏东平原几乎是没有冬天的。

台湾年产稻米约两百多公吨①,屏东平原大约占了三分之一。台湾稻米产量平均每公顷可以生产三十二公担②以上(世界每公顷的平均产量是十八到二十公担),但是在屏东平原每公顷的年生产量有时高达五十公担,几乎在世界年平均产量的两倍以上。我曾在屏东平原帮农人收割稻米,他们有一种稻子名称"百日稻",从种下那一天算起到收成只需要一百天,可见稻子在屏东平原收成是何其快速!如果三熟都种"百日稻",甚至可以在冬天再植种甘薯、红豆或番薯等副产品,一方面增加了收入,一方面也保持了地力。

在屏东平原,所有的耕地都做了最有效的利用,

①　公吨即为吨,1公吨 =1 吨 =1000 千克。

②　1 公担 =100 公斤。

即使在溪流旁的沙地，他们也种植了果菜，有时溪水暴涨，把农民辛苦种植的蔬菜和瓜果冲失，待水过天青，他们就重新来过。

有一次台风过后，我冒雨到屏东平原去，有许多农民脚着胶鞋、身穿雨衣、头戴斗笠在溪水畔的沙田中种作，我做了一些临时的访问，我问农民："蔬菜都被水冲走了吗？""是呀！每年都要来这么几次。"当我担忧地问及："你现在种下去，万一大水再来呢？"农民反过来安慰我："没关系，冲走了再种，老天有眼，总不会一年四季都是台风吧！何况，土地荒废着有多么可惜！"然后他们继续低下头去整理他们的土地。

我突然想起小时候大人教唱的一首简单的《牛擎歌》：

手扶牛耙喂

来锄田啊喂

我劝那犁兄喂

不可叫艰苦

那哎哟犁兄喂

为的是增产

大家哪

合力啊喂

来打拼哎哟喂

哪哎哟啊伊多犁兄喂

为的是增产啊伊多

大家协力来打拼

从农民毫无怨尤的回答里，从民谣所表现的活泼奋扬的节奏里，我们几乎已能在农夫乐天知命的脸容上，看见他们内里勤劳无所畏惧的意志了。

/ 一寸一分地捏着它长大/

台湾虽然是农作物丰收的地方，然而所有的作物都不是任意可以长大的，都是经过农夫们终年的辛劳，它才能从芽苗成为稻禾，再结出稻穗。

　　我们从几个耕种期间的小事说不定可以追溯到农民辛劳的一些点滴。

　　在稻子播种以前，要先选好谷种收藏，谷种干了以后，要治毒，以免带病菌到土里，然后使这些稻种孵芽育秧。秧苗长好了还要洗去秧上的泥土，使能有利于水稻的生长。接着要插秧，将一把把的秧苗整整齐齐地插到农田里去，要插得快、插得匀、插得深浅一致，非得几年的经验不能成功。

　　插秧以后，农民要搜田草、巡田水、施肥、灌溉、喷洒农药，天天把心挂在田里看秧苗长大，一直到结穗收割才算了了心事，不过又要准备下一次的插秧了。

　　我们常看到水稻的一片青绿，很容易误以为稻子是好种的，事实上，稻子是相当脆弱的，农民要担心的事很多，包括插秧期天气的忽冷忽热会发生烂秧；水少了秧苗会枯死，水多了会淹死，水冷了则会冻死。生长期发生的各种怪病，像白叶枯死病，使稻叶枯白；胡麻叶斑病，使稻叶发生麻点，谷粒长不足；像稻恶苗病，使稻苗抽长或矮缩而不能结粒；像稻秆禾线虫病，使叶梢干缩扭曲。好不容易到了结穗，又有稻曲病使稻穗无法长成；还有天上飞和地上走的鸟兽会来将穗子当点心吃；遇连日阴雨则还没有收割的稻子会抽芽，等等。

知道了稻子的脆弱，使我们对农夫的辛劳不禁捏一把冷汗，也就更能体会"锄禾日当午，汗滴禾下土。谁知盘中餐，粒粒皆辛苦"的意义了。大凡是我们吃的作物，便没有简单播种随意收成的道理，无一不是农夫辛苦所换来的，民谣《农村曲》里也有一段是描写这种情状的：

炎炎赤日头

凄惨日中照

有时踏水车

有时着搜草

希望好日后

苦工用透透

曝日不知汗哪流

/ 手是用来劳力的 /

迈入工业社会，机器代替了人工，插秧有插秧机，犁田有犁田机，灌溉有抽水机，除草有除草机，喷洒农药有直升机，收割有收割机，搬运有各式各样的交通工具。

这些各式各样的机器虽然可以代替人工，但是在台湾的推广好像并不容易，最常见的水田景观仍然是农夫和水牛以及赶鸟雀的稻草人。为什么在这个机器的时代，农夫们仍然固执地用着他们的双手呢？

我曾在高雄县美浓镇遇到一个农夫，他有两甲地，一甲全部使用了机器，一甲则全部使用手工。他说："我觉得用手种出来的稻子比机器的好吃，而且手是用来劳力的。"农夫的答案使我们都笑了起来，我相信他的答案是很多农夫的答案。

当然手工种出来的稻子比机器种出来的好吃可能是心理上的感觉，是无稽之谈，但是"手是用来劳力的"则是让人感动的。

美浓的农夫以他的两甲地来做试验，具有特别的意义，这也许可以为台湾农村的机械化找到一条出路。美浓是一个尚未受现代工业文明污染的乡镇，其农业色彩常常表现出中国农村社会的原神，这种原色的保存，一方面来自地理位置的偏僻（仅有两条道路，一条经旗山通往高雄，一条经里港通屏东），一方面是美浓六万人中有百分之九十五的客家人，个性趋向保守。

从文化的保存上看，这自然是好现象，就乡镇的进化上看，却是一个落后的地方，但是我相信农夫"手是用来劳力的"的信念，希望美浓能好好保存它，并维持它景观的特色；可是在整个基础和个性的开放上则希望它往进化的路上走——很可能，就是手工与机器并用的心情，使它容纳了机器，并且不忘记手的传统功能。

美浓有一个奇特的景观，就是烘焙烟叶的烟楼。我每次到烟楼里看到少女们用双手整理烟叶时，她们的辛劳常使我想到说不定用机器来做会更快更有效率，可是少女的工作又使我感受到一种美，那是生活的美，比艺术的美更深刻，怎样的生活方式才是美浓最好的生活呢？我迷惑了。

/ 印下人生的证记 /

美浓的景观使我们了解到一个土地上重要的观念问题，就是台湾的农村景观中最重要的因素不是土壤、植物或气候，而是人民。

在这古老的土地上，到处都有人群的存在，很难找到一小块地方是没有经过人们的手足和人的活动渲染，生活是深重地受到环境的影响，人地两者结合成一个个体——人和自然不是分离的现象，而是一个有机的整体——愉快的农民在田地中工作，恰似丘陵在土地上凸起，河流流经土地，树木在土地上站立，同是自然界的一部分。

所以，小心耕耘的稻田，是台湾全景的一个不可忽视的因素。

长期面对生活的经验，使台湾的农民找到了最高效获得收获的方法和最美满的社会关系，农民的人生活动已与自然环境完全相适应，产生了一种古老而安定的文化，不易受到外来环境的影响，用生态植物学的名词来看台湾的农村可以称为"群落"。

它们的根一旦在群中落种，就再也不容易移动了。

但是，农村在继续往前进化，我们必须先明白它过去的历史，才能知道目前的情形。台湾群落景观在时间上的意义和在空间上是一样的，"现在"是长久岁月所累积下来的产物，我们不要忘掉了土地与人民关系的历史，为了要找到历史在农村景观的证记，我们以最有时间代表性的淡水来做说明。

台湾村镇景观虽然都具有个别的特质，然而在发展上因作物、人民，甚至历史演进的相类似，使得所有的景观产生相当大的一致性，在这种一致性中，淡水便是一个相当特殊的景观。我想，这是由于淡水的沧桑。

在台湾的历史上，淡水是最早印下帝国主义足迹的地方。

公元一六二九年，西班牙为了阻挠日本和荷兰的贸易，派兵登陆淡水，一面筑圣多名各城作为防守的据点，一面大量开采硫黄。这是帝国主义的第一个脚印。

到了一六四一年，荷兰人为了争夺海外霸权，和西班牙人战争，西人败，将淡水拱手让给荷兰。这是帝国主义在淡水的第二个脚印。

后来，淡水收归中国版图，才开始有比较规划性的中国脚印。可惜好景不长，咸丰元年（一八五〇年），外国商船发现淡水是一个好的贸易场景，因此在咸丰十年（一八六〇年）与清廷签订的《天津条约》，强逼清廷开港，英国领事馆在咸丰十一年（一八六一年）迁到淡水，接着又带来各国的洋行。

这是帝国主义在淡水的第三个脚印。

台湾割让给日本的时候，淡水自然也成日本的属地，是帝国主义踩踏在淡水的第四个脚印。

这些零零碎碎的脚印把淡水踏出一种不同的景观，我们可以看到欧式和日式的建筑，构建在中国的场景上，使我们走一趟淡水就引来一阵伤心，感到历史在土地景观上确存它有力的质素。

淡水不仅是台湾近代史的缩影，也是中国近代史的戳记，我们看到淡水无以名状的美，而这美却隐藏了一段沧桑的过去。淡水的隆盛已经过去，但是淡水的历史没有抹灭，从淡水，我们体会到人、历史和土地。

淡水是个海港，从河口推拓出去，我们就见到辽阔的大海。我们考量土地也不可忽略海洋，因为海洋是渔民的土地，而台湾的开发是从海洋来的，渔民建立了开发的基点。我曾听过一个渔民说："农夫在土地上的耕作，也许几个月才收成一次，我们每天都有收成，冒险有什么关系？"

海洋和土地同是我们耕耘的地方，同是祖先与大自然奋战的场景，如今，祖先去远了，但是祖先的骨血仍在，祖先的精神永存，我们要踏着祖先的血汗前进，一步一个脚印，为我们的子孙走出一条崭新的道路来！

逐鹿天下，无限江山

从前在京剧和地方戏中，看见的项羽莫不是大花脸，须发飞扬，言语狂放粗鲁，而刘邦呢！多是英俊小生，宽容、仁慈，文质彬彬。

一般人习染于戏曲既久，自然会对项羽和刘邦产生两极的偏见，偶有同情西楚霸王的，也会先入为主地认为他是一个鲁男子。

最近到剧院去看明华园歌仔戏《逐鹿天下》，看到对楚汉相争完全不同的诠释，项羽竟然是一位俊秀的翩翩佳公子，不仅武功盖世、豪气干云，而且充满真情，情有独钟，为了虞姬，宁可放弃江山。

刘邦则被描述成一个丑角，每天赌钱厮混，五短身材，胆小如鼠，笑话百出。在这出戏里，刘邦仅有的两个优点，是他讲义气以及运气好。

这两位条件完全不能相提并论的英雄与狗熊，争夺谁能先入咸阳城，最后刘邦竟先进了咸阳，有了天下。看到最后的结局令人扼腕叹息，感到真正英雄人物那种可悲的情怀。

当然，戏剧不是历史，并不能反映历史的真相，因为在《史记》里，项羽固然是"彼可取而代之"的英雄人物，刘邦又何尝不是"大丈夫当如是也"的豪气干云的人中之龙呢？

在司马迁的笔下，项羽和刘邦都不是天纵英明的人。项羽小的时候不喜欢读书，也不喜欢学剑，只喜欢读兵法，可是兵法也学得潦潦草草，就不肯多学。比较特殊的，是他身高八尺余，力能扛鼎，才气纵横，有两个瞳仁，故乡的年轻人看到他都畏惧三分。

刘邦的少年时代更不堪，出生农家却不事生产，好逸恶劳，喜欢酒色，就像一个不良少年，连喝酒也不付钱的。他的优点是为人豁达，不拘小节，而且天生容貌很好，鼻子高挺，长相像龙，有漂亮的长胡子，左腿上有七十二颗痣。

这样两位不是顶特殊的年轻人，后来与天下英雄一样起来反秦，但在岁月的历练中，逐渐发展成不是普通人物。项羽虽然武功盖世，却变得骄傲、暴躁和专断，而且心肠软，在几次关键时刻（像鸿门宴）都不忍心杀刘邦，从而埋下了失败的种子。

刘邦的性格则日渐成熟，加上有张良、韩信、萧何、曹参、樊哙等文臣武将的辅佐，竟势如破竹，声望愈来愈高，而且在好几次危险关头都如有神助，化险为夷，逐渐走向成功之路。

楚汉相争最动人的是项羽被困于垓下，四面楚歌，他在帐中饮酒，看着自己心爱的虞美人和千里马，满怀悲愤地唱着：

力拔山兮气盖世，

时不利兮骓不逝。

骓不逝兮可奈何？

虞兮虞兮奈若何！

　　英雄气短，末路狂歌，最后，他自刎于乌江，把自己的首级送给从前的旧部——后来投靠刘邦的吕马童。项羽死后，大家都来抢项羽的身体，遗体被砍成五块，大家抢成一团，最后把万户的土地分为五份，给抢到五块项羽遗体的人。

　　我少年时代读《史记·项羽本纪》，读到结局时感慨不已，想生命的追求如此惨烈，使得一代英雄豪杰落得鲜血淋漓的下场。这一次看了明华园的《逐鹿天下》，等于给"楚汉相争"的历史做了翻案。我看完表演，在剧院旁的池塘边散步，不免想到是谁在写历史？什么才是历史的真相呢？得了天下的刘邦又怎么样？他大杀功臣，晚年得了重病，要更换太子刘盈为戚夫人生的儿子如意而不可得，最后对着戚夫人高歌：

鸿鹄高飞，一举千里。

羽翮已就，横绝四海。

横绝四海，当可奈何？

虽有赠缴，尚安所施！

——虽有弓箭，又有何用？要射向哪里呢？

在历史里，人的一生是多么短促，成王败寇，有得有失，最后是项羽的无可奈何，也是刘邦的茫然无措。江山虽然等待英雄人物来逐鹿，江山有待而江山也无情，所有的盖世英雄，最后不都是在短促的岁月中、在如是多娇的江山前折腰吗？

今年的"文建会"的文艺季，除了《逐鹿天下》，另一出大戏是当代传奇剧场的《无限江山》，描述南唐末代皇帝李后主华丽而悲剧的一生。我们凡夫俗子不能逐鹿天下，看看历史的兴衰也就很好了，反过来说，一个人如果心中有无限江山，也就无所争、也不必逐鹿了。

可叹息的是，正在逐鹿天下的人，有多少是为了私心？有多少是真正珍惜江山？回家时，看见满街竖着"立法委员会竞选"的旗帜，在夜黯中飘扬，我的感触更深了。

在旗上飘扬的人名与人相，全都会是历史的过客，都一样渺小、一样短促、一样折腰！但是历史真相虽然难明，公道自在人心。但愿人人不只逐鹿天下，也都能珍惜江山与人民。

寻找从前的眼泪

铅泪结，如珠颗颗圆；

移时验，不罣一颗真。

——澹归禅师

我走到一条分岔路口，遇见一位老先生在路口
奉茶。

路口太热了，我讨了一杯茶喝，看见两条分岔路
的路头各种了一株高大的树，左边的是樱花，右边的
是玉兰花。

"这两条路是通往哪里？"我问。

老者说："左边的这一条是要寻找从前的眼泪，右边这条是要寻找未来的笑容。""哪一条比较热闹呢？""当然是右边这一条了！寻找从前的眼泪的人很少，大部分人都在找未来的笑容。"

我一边喝茶，一边寻思，我一向不爱走人迹热闹的路，喜欢走孤独的小径，于是谢了老者的茶，往左边的路，去寻找从前的眼泪。

通往从前的眼泪之路，沿路都是落樱，刚谢落的樱花，使小路形成了一种凄楚的美，恍然若梦，而我走在梦里。

但是，那一条路，很短、很短，路很快就断了，横在尽头的是一条大河，河水奔腾，向不可知的远方流去，我不明所以地站在河边，哪里才是从前的眼泪呢？

突然瞥见河边的标示："泪河——所有人的眼泪，共同的流向。"

我的心里涌起一段对话：

佛陀：是你们无穷的身世里所流的眼泪多呢，还是四大海的水多？

　　弟子：世尊！是我等的泪比四大海的水多！

　　佛陀：善哉！善哉！

　　若能汇集遥远身世以来的、从前的眼泪，一定也多过眼前这奔流的大河呀！站在河边茫茫水雾中的我，忧伤地想着。

　　突然，我从迷茫的睡梦中醒来，呀呀！原来是一场梦。

　　梦的暗示有时比实际人生更真实。

　　从前的眼泪不论有多么真切，晶莹、圆润、硬朗一如珍珠，时空一过，尽成幻化，没有一颗是真实的。可叹我们总留在泪海里，我们永浴爱河，在爱与泪的河水里泅游，不能解脱。

　　若有那么一天，我们不再泅游、不再沉沦、不再寻找从前的眼泪，那一刻的觉察，或者就是悟了。

　　悟了，是不是就在走向未来的笑容呢？我不知道，问问路头那一株玉兰花吧！

形与影之间

泣露千般草，

吟风一样松。

此时迷径处，

形问影何从。

——寒山

与朋友去登大屯山，秋气景明，我们沿着两旁种满箭竹的石板阶梯，缓步攀高，偶尔停下来，俯望着红尘万丈的城市，以及在山间流动着的雾气，时有不

知名的鸟，如箭凌空而过，留下了清越的叫声。

我们不知道为什么就谈起了"文学死亡"的问题，大概是因为《蓝星》诗刊的停刊吧。《蓝星》是仅存的一本大型诗刊，它的停刊等于正式为诗刊画下了最后的休止符。

加上近年来出版的文学书籍普遍的滞销，使得出版文学书籍的出版社多处于半停顿的状态，有勇气出版文学书籍的出版社立即要面临库存与赔本的命运。

近几年来，似乎也没有特别引起注目的文学作品，比起从前如果有一本好的创作，那种奔走相告、洛阳纸贵的情景，仿佛是在梦中追忆了。

朋友探讨着文学没落，或者说文学濒临死亡的原因，是来自读者与市场不能支持。文学投入市场一再地遭到挫败，使出版者望而却步，不敢在文学作品上投资，作家由于得不到回应，创作上意兴阑珊，甚至一些有才情的作家转业从商，做房地产和股票。更年轻的创作者看在眼里，不敢再走文学的道路。长远下来，文学自然没落了。

"最重要的原因，还在于现代人不读书，没有市场。"朋友说。

这时，我们正好登上了大屯山的最高点。听说这是台北盆地的第二高峰了，果然视野开阔，可以看到北面的海边，整个台北，环顾四周就展现在眼前了。听说每年到冬天，我们站立的大屯山高点都会下雪，那时站在雪封的高顶，城市之繁美、灯火之亮灿就更动人心魄了。

我对朋友说，文学之没落与市场的关系是微弱的，自古以来，中国的文学并没有什么市场，文学家还不是写下无数感人的伟大作品吗？以我正在读的寒山子的诗为例，寒山子"每得一篇一句，辄题于树间石上"，一共写了六百多首诗，现存的就有三百一十二首。在树上、石头上都可以写诗，哪有什么市场问题呢？寒山子有一首诗可以表达他的创作心灵：

一住寒山万事休，

更无杂念挂心头。

闲于石壁题诗句，

任运还同不系舟。

可见一个文学家从事创作乃是基于心灵的渴望与表达，有市场时固然可以刺激作品产生，即使没有市场，也应该一样能写出好的作品。当一个文学作家必须仰赖市场而创作，表示他的创作心灵尚未到达成熟之境。

因此，读者不应该为文学的没落承担任何的责任。何况说现代人不读书也不公平，以近几年为例，台北就出现许多家卖场超过四百坪的大型书店，可见读书人口是在增加、不是在减少，当许多读书人宁可去读对心灵没有助益的东西，不愿读文学书，光是这一点就值得文学家深思了。

市场既然无绝对关系、读书人的人口又在增加，文学却奄奄一息，我对朋友说："我们写作的人应该反省。我每读报上好书周刊介绍的好书，都觉得比读唐宋时期的作品还难懂，文字艰涩、思想僵化、创作力浮夸、写作态度浅薄，名利心跃然于纸上，文学没落实在是有道理呀！"

反过来说，要使文学重活于世间，我们必须写一些文字优美、思想开阔、创作力深刻、写作态度诚恳、不为名利写作的作品，这乃是拯救文学之道，至于稿费、市场、文学家的尊重都是次要的了。

从大屯山主峰下来，夕阳已经快西下了，满山的绿草蒙着金光，洁白的菅芒草含苞饱满，等待着秋天吐蕊盛放。它永远那样盛放呀！不会因为有人看就开得更美，没人看就随便开一开。它不会先有意识形态再开，它不会结党营私，它也不会故意要开成后现代主义的样子。甚至呀甚至！它不会故意开出别人不能欣赏的样子，以证明自己的纯白。

由于夕阳的关系，大屯山的山影整个投射在马路上，我看到那影子的线条十分优美，简直可以想象那座山的伟岸，但是影子到底不是真实的山，所有对文学没落的思维、研究、检讨，都不如努力地去创作。

所有的形式主义、意识形态、同人情结都只是路上的影子，不是真正的大山。

我们的车子沿路下山，穿过台北县和台北市的界碑。我想到，文学家应该突破疆界，以更大的包容与自由来努力写作啊！

要使自己成为大山，不只是路上的影子。

古典四韵

／ 茶道第一帖 ／

与茶有关的书画自古至今，留存颇多。

根据行家考证，现存最早的、与茶有关的书帖，是怀素的草书《苦笋帖》。

《苦笋帖》只有寥寥十四个字：

苦笋及茗异常佳，乃可径来。怀素上。

从字义上看，这是怀素邀请朋友来喝茶吃笋的便笺，"我这里的竹笋和茶都非常好，随时欢迎你来品尝！"可见作为一位出家人的怀素上人，也常邀朋友相聚。

《苦笋帖》的字清逸潇洒、古雅淡泊。我久仰《苦笋帖》的大名，一直想去拜望真迹，苦无机会。这次应邀到上海东方卫视《名人讲堂》讲茶道，因为节目播出一个月，在上海做了比较长的停留，便希望有机会到上海博物馆看《苦笋帖》。

《苦笋帖》由于是茶道第一帖，不仅在书法界被视为重宝，在茶界也被认为是奇珍。唐朝以来，这帖高25.1厘米、宽12厘米的书法，都被珍藏于皇宫内府，一直到清朝，一般人只听闻有此法书，却无缘得见。

直到清朝覆亡，皇宫的珍宝流落民间，《苦笋帖》重现，被珍藏在上海博物馆。

上海博物馆设计非常现代，馆藏也非常丰富，尤其古代书画更是令人目不暇接。可惜的是，上海太繁华了，一般人都注意到现代上海的灯火，但很少人知道还有一座藏品这么丰富的上海博物馆。特别是世界博览会举行时的上海，许多人宁可花七八个小时排队去看一个虚晃一招的号称未来的馆，却没有人愿意从从容容地来参观上海博物馆。

因此，我去上海博物馆那一天，馆内冷冷清清的。

当我看到怀素的《苦笋帖》时，仿佛是在空旷的春天山林，竹笋和茶芽撞击了我的心。

穿着灰袍大袖的怀素上人，已泡好了一壶茶，切好了嫩笋，微笑地招呼我：一起享用这春天的恩赐吧！

我知道，如果与怀素上人对坐，不只有好茶好笋，一定还有好酒。

怀素的好友陆羽曾为他作传，说他："怀素疏放，不拘细行。万缘皆缪，心自得之。于是饮酒以养性，草书以畅志。时酒酣兴发，遇寺壁、里墙、衣裳、器皿，靡不书之。"

出家人戒饮酒，因为酒会乱性。怀素不是一般的出家人，他要喝酒到微酣时，才会举毫挥洒，有鬼神出没之势。

站在如神鬼奇兵的《苦笋帖》十四个字前面，我深深吸了一口气，那小小的绢上盖满了历代观赏过的皇帝的红印章，怀素的书法犹如一条苍龙，飞奔而来，令人震动不已。

好饮酒的怀素竟没有留下"酒帖"，而是留下了"茶帖"，这就像一个公案，怀素上人是不是也爱喝茶呢？

答案是肯定的。

怀素最好的几个朋友，都是非常爱茶的。

其中最爱茶的当然是茶圣陆羽。相传怀素和陆羽相识于唐建中二年（公元七八一年）秋天，陆羽应诗友戴叔伦的邀请到湖南幕府，遇到了戴叔伦的方外好友怀素，两人一见如故，结成了好友。

陆羽爱茶，怀素不可能不爱茶。

到后来，陆羽还为怀素写传。由于怀素传世的书法不多，现代人认识怀素的狂草，都是通过陆羽写的《僧怀素传》。

陆羽文笔鲜活："贫，无纸可书，尝于故里种芭蕉万余株，以供挥洒。书不足，乃漆一盘，书之，又漆一方板，书之再三，盘板皆穿。"

为了练书法，没钱买纸的怀素竟然种了一万株芭蕉树，以树叶为纸来练习，这样还是不够写。做了一个木盘，又做了一块木板，来练字，一练再练，最后，木盘和木板都被毛笔写穿了！

这是怀素练字的情景，如果不是至交好友不会知悉。所以，我们可以推论，怀素与陆羽一定常在一起喝茶，说不定也一起饮酒，《苦笋帖》正是寄给像陆羽这样的好友的请帖。

另外，陆羽的好友颜真卿，也喜欢喝茶，又是书法大家。后来，怀素去拜访颜真卿，虽然历史上没有记载是谁介绍怀素去拜访的，我推断可能与陆羽有关。因为怀素是出家人，颜真卿是大官，本来不会凑在一块儿，怀素又是颜真卿同学邬兵曹的弟子，算起来是颜真卿的晚辈，更不可能相会。

他们共同的好友是陆羽，一切就变成可能。

陆羽也写下了他们会面的谈话，如果不是亲在现场，如何能写得那么生动？

颜真卿一看到怀素和他的书法，就对怀素说："夫草书，于师授之外，须自得之。张长史睹孤蓬、惊沙之外，见公孙大娘剑器舞，始得低昂回翔之状……师亦有自得之乎？"

怀素说："贫道观夏云多奇峰，辄尝师之。夏云因风变化，乃无常势，又无壁折之路，一一自然。"

怀素以夏天的云为老师。夏云因为风大，所以有各种像山峰的奇趣，它的变化没有一定的规矩，但不会碰壁，也不会弯折，一切都是那么自然！

一代楷书大家颜真卿听了，不得不佩服，赞叹道："噫！草圣之渊妙，代不绝人，可谓闻所未闻之旨也！"

怀素上人的舅舅是"大历十大才子"之一的钱起，他曾写过一首《送外甥怀素上人归乡侍奉》的诗。

钱起也爱饮茶，他曾写过两首有名的茶诗：

竹下忘言对紫茶，

全胜羽客醉流霞。

尘心洗尽兴难尽，

一树蝉声片影斜。

——与赵莒茶宴

偶与息心侣，亡归才子家。

玄谈兼藻思，绿茗代榴花。

岸帻看云卷，含毫任景斜。

松乔若逢此，不复醉流霞。

——过长孙宅与朗上人茶会

　　有如此嗜茶的舅舅，怀素也嗜茶，应该是合乎情理的。怀素虽然出家，但游心于书艺，善茶嗜酒，正可以让我们体会到大唐那气派恢宏的氛围，飞动游行的草书《苦笋帖》，更让我们体会了自由的禅心。

　　看过了《苦笋帖》，我漫步于黄浦江畔，想到不久前沸腾的世界博览会，如今筵席已散，平添了几许人世的苍茫。世间的一切只是流转又流转、变迁再变迁，何尝有一定的方向？怀素的几字笔墨，能留存一千三百年，也算是可遇不可求的奇迹了！

少年上人号怀素，

草书天下称独步。

墨池飞出北溟鱼，

笔锋杀尽中山兔。

这是诗人李白称赞怀素的诗句，可见怀素在少年时代就风华极盛，号称独步于天下了。

我抬头看着黄浦江上的夏日晚云，正听见远方的号角似的，风起云涌，拥挤地涌向海口，想到怀素上人说的"夏云因风变化，乃无常势，又无壁折之路，一一自然"，那天边的夏云也仿佛活了过来。成为草圣之灵感的夏云，从怀素时代就是如此飘动，并未显露，也不隐藏，只有慧根深厚者，才能窥见玄机。

突然想喝茶，如果有苦笋就更好了！

走近黄浦江畔的一家茶馆，靠着江边，有一大片的落地窗。

我自然地走到临江的桌边，服务生说："江边座位，每位加一百元。"

江景有价，夏云也有价，一百就一百吧！

怀素是湖南长沙人，想点湖南的茶来喝。

没有！

只好点了龙井，一杯三十六元。

座位比茶还贵！

若问这世界与怀素所见的，有何不同？

"——不自然！"我会说。

／羲之送来的橘子／

很难想象，我正散步在王羲之的兰亭，兰亭旁有鹅池，鹅池边是密密生长的桂竹，有参天之势。

我坐在凉亭上看这美丽的景色，就是《兰亭集序》开头的那一段"此地有崇山峻岭，茂林修竹，又有清流激湍，映带左右"，一千六百年了，景色似乎未曾改变。

正出神的时候，突然听见一阵"鹅鹅鹅"的声音，从背后飘来，回头一望，六只白鹅昂首阔步从竹林走来，一摇一摆，从容自在。

想象王羲之在这里的时代，看见了鹅，产生的欣喜之情。鹅的步伐，摇曳生姿，像不像一行行书？鹅的脖颈，曲折婀娜，像不像一行草书？

鹅的歌声，不像鸦噪、不像鸡吵、不像鸭破，而是有一种浪漫、一种温柔。

王羲之从小就爱上鹅的歌声，他住在会稽的时候，离家不远处有一位老太太养了一只鹅，叫声很好听，他常跑去听那只鹅唱歌。

有一次，家里来了一些亲朋好友，他对亲友说："附近有一只鹅唱歌很好听，我带你们去听！"

基于礼貌，他派人先去通知老太太，将会带亲友去拜访。

到了老太太家，发现那只鹅不见了。

原来，老太太听说王将军要带亲友来访，一定都是达官显要，赶紧把鹅烹煮了，准备招待他们。

王羲之不忍苛责老人，当然也不忍吃烧鹅，暗自难过了好长时间。

当他听到山的那一面住了一位道士，养了一群鹅，特别跑去看，果然是一群美丽、唱歌又好听的白鹅。

王羲之立刻请道士把鹅卖给他，道士说："你如果为我抄一遍《道德经》，我就把全部的鹅送给你！"

王羲之回家后，立刻开笔写了一遍《道德经》，第二天就拿去换鹅，回到家把鹅放养在池塘，命名为鹅池。

这个故事有两个版本，一个说羲之换鹅写的是《黄庭经》。如今，《道德经》的写本已经逸去了，《黄庭经》的刻本却留了下来，字体古雅精细，令人感动，可见王羲之写来换鹅的字帖也是非常认真的！

怪不得后来李白听到这个故事，不禁感叹："山阴道士如相见，应写黄庭换白鹅。"（如果我见到了山阴道士，应该也会写一部《黄庭经》来换他的白鹅呀！）

王羲之被称为书圣，但这位书道的圣人，其实是很平民的。他的书法都是从生活出发的，他的声誉如此崇隆，一点儿也无碍他天真自然的个性。

我们都知道"东床坦腹"的故事。

王羲之出身于官宦世家，从曾祖父开始，家族出了很多大官：他的父亲王旷，做了丹阳太守、会稽内史；他的族伯王戎，是竹林七贤之一，官至司徒；他的伯父王导，历事三朝皇帝，出将入相，官至太傅；他的叔父王廙，官至荆州刺史、侍中……唐诗中"旧时王谢堂前燕，飞入寻常百姓家"，"王"就是指王羲之的家族。

世家子弟不免骄横、官僚、不可亲，王羲之却没有这些毛病，他十三岁时就长得俊秀飘逸，显现了书法和文学的过人才华。

当时，王羲之家和谢安家就是世家的标杆，一般的官宦之家都想来结亲。

有一天，太尉郗鉴想为自己的爱女说亲，他知道丞相王导家的子弟很优秀，才华不凡、相貌出众，于是派人到王家去物色女婿。

消息传来，王家子弟个个紧张，因为郗太尉官大势大，他的千金不仅相貌美丽，而且又有才华、人品又好，是年轻人梦寐以求的对象。于是个个穿上最好的衣服，精心打扮，规规矩矩等待挑选。

只有王羲之一点儿也不以为意，他躺在床上吃东西，袒胸露腹，和平常一个样子。

门客向太尉报告了他看见的情形，太尉立刻决定把女儿嫁给这位东床坦腹的青年。

郗家千金为王羲之生了七个儿子、一个女儿，个个都是秀异之士，其中王玄之、王涣之、王献之更与父亲一样，以书法闻名。

王羲之在二十岁就当官了，但他天生浪漫，并不爱京城的生活，当他被派到会稽任会稽内史、右军将军时，就爱上了会稽，便决定在这个远离京城的山水之地终老了。

后来，朝廷派了王述担任扬州刺史。会稽受扬州管辖，王羲之看不起王述，就称病辞官，过起了游山玩水的生活，甚至感叹地说："我卒当以乐死！"

"我死的时候，一定会快乐地死去！"这是王羲之晚年生活的写照。

历史上的书论家，很少看到王羲之的两面：一面是生活家，一面是文学家。

到今天，王羲之留下的书法，多是与生活有关的。有他写姨母的《姨母帖》，他写给朋友的信《快雪时晴帖》《丧乱帖》《何如帖》，他写给谢安的《寒切帖》，还有最为人熟知的《奉橘帖》，是送给朋友三百枚橘子，应该是自家种的："奉橘三百枚，霜未降，未可多得。"

他写的书法，是在生活里悠游，而不是正襟危坐的技术表现，这正是王羲之伟大的地方。他少年时东床坦腹，晚年自在怡然，是始终一贯的！

他震古烁今的《兰亭集序》，也是从生活出发的，那一年（永和九年，公元三五三年）三月三日，王羲之约了四十一位朋友在兰亭饮酒赋诗，他们坐在曲水之旁，由书童把盛满酒的觞，从上游漂下，漂到谁的面前，谁就要立刻作诗，作不出来，就罚酒饮尽。

饮宴一天，总共得诗三十七首，为了纪念这场诗酒之会，大家共推王羲之写一篇序。五十一岁的王羲之，书法、文章都达到人生的高峰，又喝了一点儿酒，于是在丝绢上一挥而就，写出了影响中国书法一千六百多年的巨作，正如王羲之所预知的："后之览者，亦将有感于斯文！"

王羲之的书法是生活的，也是文学的。

他在写《兰亭集序》的那一天，写了两首诗：

代谢鳞次，忽焉以周。

欣此暮春，和气载柔。

咏彼舞雩，异世同流。

乃携齐契，散怀一丘。

三春启群品，寄畅在所因。

仰视碧天际，俯瞰渌水滨。

寥朗无涯观，寓目理自陈。

大矣造化功，万殊莫不均。

群籁虽参差，适我无非新。

最后，他在大家的起哄中，登上兰亭，写了序。这篇序会传世，书法极好，还不是关键，最关键的是文章好。这是中国历史上最美好动人的散文，谈宇宙、谈人生、谈兴化、谈无常，文字优美，思想深刻，我每次朗读，都觉得五内震动，余韵袅袅。

我试着来翻译几段：

是日也，天朗气清，惠风和畅。仰观宇宙之大，俯察品类之盛，所以游目骋怀，足以极视听之娱，信可乐也！

（这一天，天空晴朗，空气清新，春天的风是那么温柔舒畅。仰起头来观照宇宙的广大，低下头来俯视万物品类的繁盛，像这样放眼浏览、舒展胸怀，视觉、听觉都得到无比的享受，真是人间的至乐呀！）

夫人之相与，俯仰一世。或取诸怀抱，悟言一室之内；或因寄所托，放浪形骸之外。虽趣舍万殊，静躁不同，当其欣于所遇，暂得于己，快然自足，不知老之将至。及其所之既倦，情随事迁，感慨系之矣！向之所欣，俯仰之间，已为陈迹，犹不能不以之兴怀，况修短随化，终期于尽。古人云："死生亦大矣！"，岂不痛哉！

（人与人的相会，时间是非常短促的，仿佛一抬眼一低头，一生就过去了。有的人纾解情怀，喜欢和知己倾吐心声；有的人寄情浪漫，喜欢无拘无束的生活。虽然处世的态度相异，喜欢安静和好动浮躁也不同，但他们遇到快乐的事，暂时得志，都一样的心满意足，忘记了老这件事很快就会降临在自己身上。等到过去的追求厌倦了，情感的爱憎随着人事改变了，才会对人生有深深的感慨。从前的欢欣之情，在一抬眼一低头的刹那，已经成为过去的遗迹，对这种变化都不能不兴起感叹，何况是对生命的无常与消失。正如古人所说："死生是人间最大的事呀！"难道不会感到更大的悲痛吗？）

每览昔人兴感之由，若合一契，未尝不临文嗟悼，不能喻之于怀。固知一死生为虚诞，齐彭殇为妄作。后之视今，亦犹今之视昔。悲夫！

（每当看到古人为人生无常发出的叹息，就感到心灵契合，没有一次不对文章悲痛不已，无法形容自己的心情。虽然我早就知道生死一体是荒诞的看法，长寿与夭折相同是虚妄的观点。后代的人看今天的我们，正如现在的我们看古人一样，真是太可悲了！）

这是多么优美而深刻的散文，如果不是浑然天成的文章配上千姿百态的书法，《兰亭集序》不会如此千秋百世地感动我们。

王羲之生在一个尚谈玄学、佛道盛行的时代。他崇尚自然朴素的生活，但他也对情感的流转、生命的无常有深沉的省思，写景抒情，潇洒自然；人生思考，俯仰有情，被称为"天下第一行书"，当之无愧！

我在绍兴旅行的时候，特别花了一整天的时间在兰亭盘桓。怀想着王羲之从前与朋友在这里喝酒写诗的情景，每一个时代有每一个时代的风情，但不管任何时代，对生死无常的感叹，对人生苦短的哀伤，都是感通合契的，"后之视今，犹今之视昔""后之览者，亦将有感于斯文！"王羲之早就料到了。

我在竹林中散步，想到王羲之是个书法家，也是文学家，还是生活家，他亲手摘取了自种的三百枚橘子，写了一幅小帖，送给朋友。

橘子早就吃完了，《奉橘帖》却留了下来，生活的美、文学的美、书法的美也都留了下来。书法不能只是练字、文学不能只是练词、生活不能只是过日子……里面还有更深奥的感动。

我翻开王羲之先生留下的字帖，感觉像刚品尝过他送来的橘子，四处流动着橘子的香气！

╱ 都付笑谈中 ╱

在成都的金沙讲堂演讲，居停的时间，成都朋友问我想去的地方，我说想去新都看看。

朋友越到惊奇，因为外地人很少知道新都了。

新颜建城于两千七百年前，当时的蜀国有三座城：成都、广都、新都，城与城间相隔二十公里，各有各的文化，各有各的繁华。

现在，二十公里已不算距离，"三都"皆在成都的范畴之内，只是相较于高楼林立的成都市区，新都还算保有古城的清幽。

朋友说："是为了看悟达国师的宝光寺吗？"

"宝光寺我是想去参访，但我是为了一首词而来的！"我说。

曾经在古籍里读到的明代最杰出的诗人杨慎，就是新都人，能养出一代诗人的水土，必也值得一观。

杨慎虽然不像唐代、宋代诗人那么知名，但他写过一首有名的词，知名度还远胜许多唐宋的诗。

这首《临江仙》受到《三国演义》的引用，早就成为经典，"几度夕阳红"甚至成为许多现代小说的书名！

滚滚长江东逝水，浪花淘尽英雄。

是非成败转头空，青山依旧在，几度夕阳红。

白发渔樵江渚上，惯看秋月春风。

一壶浊酒喜相逢，古今多少事，都付笑谈中。

　　我在早年读《三国演义》时并不知道这首足以与《三国演义》并美的词是杨慎的作品，后来知道了，就对他充满了好奇，又知道他来自新都，五百年后终于践履斯土。

　　杨慎是明代诗人中，记诵最博、著述最丰的一位。但著述不必多，光是一首《临江仙》就足以传世了。

　　光是《临江仙》，传世的就有十九首，首首皆是佳作。我们来看另外一首：

一片残山并剩水，年年虎斗龙争。

秦宫汉苑晋家茔，川源流恨血，毛发凛威灵。

白发诗人闲驻马，感时怀古伤情。

战场田地好宽平，前人将不去，留与后人耕。

杨慎的诗风非常独特，充满了无常的感叹与愁绪。时空广漠、历史纵横、天地经纬，人在其中只是一个渺小又渺小的点，青山夕阳都在，残山剩水依然，人则在一片的空茫中化去。

会有这样深情的喟叹，当然是来自他的遭遇。他的父亲杨廷和，也以诗闻名，才华横溢，二十岁就中了进士，担任太子的老师。最后官拜丞相，历经两代。他比父亲更杰出，二十三岁考中状元，因为文采斐然，被授为翰林院修撰。

父子两代同朝为官，却因为"议大礼"向皇帝进言，同时被嘉靖皇帝贬官。父亲被削了官职，贬为平民，老死在新都。

杨慎则两次受到廷杖，在众臣面前被打得死去活来，最后，被贬到云南永昌做了小官。

被贬到云南后，杨慎的诗风丕变，从此多愁善感，写出许多感人的词章。这些遭遇有点儿像苏东坡，在遥远的边地过辛苦的生活，但杨慎不如苏东坡旷达，他有着满腔的愁绪：

相思千里外，回首一沾巾。

人归落雁后，思发在花前。

酒阑二十年前事，梦醒三千里外身。

万般回首化尘埃，只有青山不改。

千古伤心旧事，一场谈笑春风。

天寒独立咏苍茫，销魂正在斜阳处。

……

那些美丽的诗句背后，有着苍凉悲戚的心情。他曾经试填了一首每句都有"愁"字的词：

杨柳织春愁，锁愁眉，倚画楼，红愁绿惨花枝瘦。

旧愁未休，新愁再投。几番愁杀黄昏后。

挂愁钩，将愁问月，愁将楚云收。

　　充满愁怀的诗人站在院子里，看见什么都是忧愁的：红花是忧愁的，绿叶是忧愁的，天上的月亮像一个忧愁的钩子挂着。想向月亮询问关于忧愁的排解，却忧愁地看见南方的云把月亮掩没了！

　　忧愁诗人唯一值得安慰的是，他的妻子黄娥也是诗人。

　　杨慎被贬到云南后，她曾写过许多动人的诗歌，像《苦雨》：

积雨酿轻寒，看繁花树树残，泥途满眼登临倦。

云山几盘，江流几湾，天涯极目空肠断。

寄书难，无情征雁，飞不到滇南。

　　像另一首《风入松》：

千娇百媚杜韦娘，恼乱柔肠。

昨宵梦旦同鸳帐，醒来时依旧凄凉。

欢会百年嫌短，离愁一夜偏长。

杨慎与黄娥的诗词一样杰出，后世的人把他们的作品合编为《杨升庵夫妇散曲》。

杨慎贬谪云南长达三十五年，最后客死异乡。

三十五年间虽然多次回到新都探亲，但皇帝对他依然记恨，一直不愿让他返乡。从个人的角度看，对杨慎是残忍的；但从创作的角度看，却加深了杨慎诗词的深度，加深了无常的感怀，加深了生命的沧桑，犹如在明代的文学史增添了一道闪光。

岷江，唐朝时出了一个李白，宋朝又出了一个苏东坡，明朝再出了一个杨慎，都是一生颠沛跌宕，创作出的辉煌，也算是岷江奇迹了。

我站在杨慎的故居，他幼年读书的地方，一直到他考中状元的老家，现在叫桂湖，中间一座大湖，湖上遍植莲花。

绕着湖的小径则种满了桂花，正是桂花飘香的秋日，莲花也正怒放，遥想诗人的步履过处，仿佛回到了两朝丞相、一代状元的时代，一切都在笑谈里了。

无情岁月，

空成嗟叹，

老了豪杰。

百年桂树犹在飘香，一代有一代的悲凉！我静静听着桂湖秋日的风，风里诉说着浮名与尘雾，流过金色的桂花，流向远方去了。

我想，新都的风很快会送到云南，不知多久才会吹回？

／寒山无常偈／

在江苏的几座老庙巡回演讲，从大觉寺、高旻寺、栖霞寺、灵谷寺，最后抵达寒山寺。

这些千年的老寺院，基本上都维持古老的传统，寺院也都优雅、朴素、气派恢宏。

寒山寺最不同，在寺院不远的后方，盖了一座巨大无比的钟楼，还立了一个高达数丈的巨碑。

一般的钟楼，是下座有楼，只在最上方搭一个小塔置钟。寒山寺不同，它是铸造了一口号称世界最大的铜钟，再搭建座钟楼把铜钟遮盖起来。

这个构想，完全是源于唐朝张继的名诗"月落乌啼霜满天，江枫渔火对愁眠。姑苏城外寒山寺，夜半钟声到客船。"寒山寺的钟声敲动了一千多年来中国人的心。

千里之外的华人风尘仆仆地赶到寒山寺，想听那凄凉的钟声，想看那口老钟。

许多人看到寒山寺只有一人高的老钟，顿时泄了气，因为"这么有名的钟声，钟应该再巨大一点儿"。

有人说盖成一层楼，钱我来出！

"再巨大一点儿！"一个更有钱的人说，"钱我来出！"

"盖一口世界最大的钟，钱我来出！"一个更更有钱的人说。

现代中国缺很多东西，就是不缺有钱人，于是就盖出了一口巨无霸的钟。

令人奇怪的是，这些人是不是没有读通那首诗，它说的是"夜半钟声到客船"，而不是"夜半巨钟撞客船"呀！

为了匹配那口大钟，找来一个巨石立碑，刻上乾隆皇帝的题字，立在钟楼边上。

"为什么要用乾隆皇帝的题字，不用唐宋诗人的题字呢？"带我参观的当家师也说不清楚。

有件事他已清楚了，从老寒山寺到钟楼的路上，两旁都是豪华的别墅。

他指着其中一栋对我说："这是刘嘉玲的房子，她有时回来住。"他有点儿自豪地说："刘嘉玲是我们苏州人！"我一时会意不过来："刘嘉玲？谁呀？"

当家师笑了："就是香港的电影明星呀！嫁给梁朝伟的那个！"

哦！恍然间，我仿佛明白了为什么要盖如此巨大的钟，又为什么用乾隆皇帝的题诗立碑的缘由了。

我宁可寒山寺还是那一口小小的老钟！

因为只有"简之又简"才能配得上寒山他老人家。

寒山寺确实是因寒山而盖的。传说在唐朝贞观年间（六二九—六四七年），寒山、拾得在寺的原址结草庵，石头希迁禅师为了纪念两位伟大的行者，创建了伽蓝，号为寒山寺。

寒山寺的壁上，刻着寒山、拾得笑呵呵的画像，寒山如果有知，知道有如此巨大的钟，应该也会发笑吧！

夜里，我在苏州的旅店打开寒山的诗集，这诗集一直是我旅行的随身书。读着读着，突然发现寒山的诗有一半以上是写无常的，如果不能体会这种无常感，就无法了解寒山。

今日扬尘处，昔时为大海

桃花欲经夏，风月催不待。

访觅汉时人，能无一个在。

朝朝花迁落，岁岁人移改。

今日扬尘处，昔时为大海。

（桃花也想要开到夏天，风月催着它，不让它留在枝头上。我想去探访任何一个汉朝的人，却没有一个人在了。每天每天，花都在变迁和凋落；每年每年，人都在流离和变化。今天马蹄扬尘的地方呀，从前还在大海的范围呢！）

未必长如此，芙蓉不耐寒

城中蛾眉女，珠佩珂珊珊。

鹦鹉花前弄，琵琶月下弹。

长歌三月响，短舞万人看。

未必长如此，芙蓉不耐寒。

（城里有非常美丽的少女，身上戴着珍珠、玉佩、珊瑚，等等名贵的珠宝。在花前耍弄着鹦鹉，在月下弹着琵琶。她唱起长歌在春天多么嘹亮，她跳起短舞迷倒了无数的人。但是呀！她不会永远这么迷人，因为美丽的芙蓉也耐不住寒冷的冬天！）

岁月如流水，须臾作老翁

人生在尘蒙，恰似盆中虫。

终日行绕绕，不离其盆中。

神仙不可得，烦恼计无穷。

岁月如流水，须臾作老翁。

（人投生到红尘，就像放到盆里的小虫，整天都在盆里绕来绕去，却怎么也出不了盆。想当神仙是不可能的，烦恼却是无穷无尽。岁月就像流水一样快速，在片刻之间，已经变成老人了！）

寒山的语言直白，一再地告诫人应该看见无常的迅速和可怕，即使是最大的铜钟、最坚硬的石碑，也只是白云苍狗，将消失于茫茫的天地。

　　那落第诗人张继听见的寒山寺钟声，之所以感天动地，是因为触动了我们的心。若是不能感动人心，再大的钟又有何用呢？

　　寒山最美的短诗，是这两首：

> 碧涧泉水清，寒山月华白。
> 默知神自明，观空境逾寂。

> 吾心似秋月，碧潭清皎洁。
> 无物堪比伦，教我如何说！

　　寒山寺的钟声敲了一千多年了，无心的人不闻，有心的人都听见了。

　　即使不到姑苏，不是真的听见，也触动了我们的心。

　　高挂在寒山上秋天的月亮，只要心明明白白，没有分别与挂碍，纵使在千里之外，千年之后，也仿佛看见！

时到时担当

在我的家乡有一句大家常用的俗语："时到时担当，没米就煮番薯汤。"这是一句乐观的、顺其自然的话，大约相当于国语里的"船到桥头自然直"，或是"兵来将挡，水来土掩"。

由于在家乡的时候听惯大人讲这句话，深深印在脑海，在我离开家乡以后，每次遇到有阻碍或困厄时，这句话就悄悄爬出来，对了，时到时担当，没米就煮番薯汤，有什么大不了。这样想起来，心就安定下来，反而能自然地渡过阻难与困厄。

幼年时代，我常听父亲说这一句话，有一回就忍不住问父亲："没米就煮番薯汤，如果连番薯也没有了，怎么办？"

父亲习惯地拍拍我的后脑勺，大笑起来："憨囡仔！人讲天无绝人之路，年头不可能坏到连番薯都长不出来呀！"

确实也是如此，我们在农田长大的孩子虽然经验过许多的风灾、水灾、旱灾，甚至大规模的虫害，番薯大概是永远不受害的作物，只要种下去，没有不收成的。因此，在我们乡下的做田人，都会留出一小块地种番薯，平时摘叶子作青菜，收成时就把番薯堆在家里的眠床下，以备不时之需。在我成长的年月，我的床下一年四季都堆满番薯，每天妈妈生火做饭时抓两个丢进炉灶底的火灰里，饭熟了，热腾腾香喷喷的焖番薯也好了。

即使是中日战争最激烈，逃空袭的那几年，番薯也没有一年歉收。

在我从前的经验里，年头真如父亲所言，不可能坏到连番薯都长不出来，推衍出来，我们知道生活里有很多的挫败，只要能挺着，天就没有绝人之路。

后来我更知道了，像"时到时担当，没米就煮番薯汤"，心里的慰安比实际的生活来得重要。只要在困难里可以坦然地活下去，就没有走不通的路，因此如何使自己的心宽广乐观地应对生活，比汲汲营营地想过好日子来得重要，归根究底乃不是米或番薯的问题，而是心的态度罢了。

"时到时担当"不仅是台湾农民在生活中提炼的智慧，也是非常吻合禅宗"当下即是""直下承担"的精神，此时此刻可以担当，就不必忧心往后的问题，因为彼时彼刻，我们也是如此承担。假如现在不能承担，对将来的忧心也都会无用而落空了。

禅的精神与生活实践的精神非常接近，是一种落实无伪的生活观。我们乡下还有一句俗话："要做牛，免惊无犁可拖。"译成普通话的意思，是一个人只要肯吃苦，绝不怕没有工作，不怕不能生活。这往往是长辈用来安慰鼓励找不到工作的青年，肯把自己先放在最能承担的位置，那么还有什么可惊呢？

　　这句话也是令人动容的。牛马在乡下，永远是最艰苦承担的象征，不过，那最重的犁也只有牛马才能拖动。学佛者也是如此，只怕自己不能承担，何惧于无众生可度呢！这样想，就更能体会"欲为诸佛龙象，先做众生马牛"的深意了。

　　我们不能离开世间又想求得出离世间的智慧，因为"佛法在世间，不离世间觉，离世觅菩提，犹如求兔角"，我们要求最高的境界，只有从自己的生活、自己的周遭来承担来觉悟才有可能。

　　佛法中有"当位即妙""当相即道"的说法。所谓"当位即妙"，是不论何事，其位皆妙，就像良医所观，毒有毒之妙，药有药之妙。所谓"当相即道"，是说世间浅近的事相，都有深妙的道理。——世间凡事都有密意，即事而真，就看我们有没有智慧了。

　　"时到时担当，没米就煮番薯汤。"也应该作如是观，真到没有米必须吃番薯汤的时候，是不是也能无怨，品出番薯也有番薯的芳香，那才是真正的承担。

四随

/ 随喜 /

在通化街入夜以后，常常有一位乞者，从阴暗的街巷中冒出来。

乞者的双腿齐根而断，他用厚厚包着棉布的手掌走路。他双手一撑，身子一顿就腾空而起，然后身体向一尺前的地方扑跌而去，用断腿处点地，挫了一下，双手再往前撑。

他一走路几乎是要惊动整条街的。

因为他在手腕的地方绑了一个小铝盆，那铝盆绑的位置太低了，他一"走路"，就打到地面咚咚作响，仿佛是在提醒过路的人，不要忘了把钱放在他的铝盆里面。

大部分人听到咚咚的铝盆声，俯身一望，看到时而浮起时而顿挫的身影，都会发出一声惊诧的叹息。但是，也是大部分的人，叹息一声，就抬头仿佛未曾看见什么似的走过去了。只有极少极少的人，怀着一种悲悯的神情，给他很少的布施。

人们的冷漠和他的铝盆声一样令人惊诧！不过，如果我们再仔细看看通化夜市，就知道再悲惨的形影，人们已经见惯了。短短的通化街，就有好几个行动不便、肢体残缺的人在卖奖券，有一位点油灯弹月琴的老人盲妇，一位头大如斗四肢萎缩瘫在木板上的孩子，一位软脚全身不停打摆的青年，一位口水像河流一般流淌的小女孩，还有好几位神志纷乱来回穿梭终夜胡言的人……这些景象，使人们因习惯了苦难而逐渐把慈悲盖在冷漠的一个角落。

那无腿的人是通化街里落难的乞者之一，不会引起特别的注意，因此他的铝盆常是空着的。他为了引起人们的注意，有时故意来回迅速地走动，一浮一顿，一顿一浮……有时候站在街边，听到那急促敲着地面的铝盆声，可以听见他心底多么悲切的渴盼。

他恒常戴着一顶斗笠，灰黑的，有几茎草片翻卷了起来，我们站着往下看，永远看不见他脸上的表情，只能看到那有些破败的斗笠。

有一次，我带孩子逛通化夜市，忍不住多放了一些钱在那游动的铝盆里，无腿者停了下来，孩子突然对我说："爸爸，这没有脚的伯伯笑了，在说谢谢！"这时我才发现孩子站着的身高正与无腿的人一般高，想是看见他的表情了。无腿者听见孩子的话，抬起头来看我，我才看清他的脸粗黑，整个被风霜淹渍，厚而僵硬，是长久没有使用过表情的那种。后来，他的眼神和我的眼神相遇，我看见了这一直在夜色中被淹没的眼睛，透射出一种温暖的光芒，仿佛在对我说话。

在那一刻，我几乎能体会到他的心情，这种心情使我有着悲痛与温柔交错的酸楚。然后他的铝盆又响了起来，向街的那头响过去，我的胸腔就随他顿挫顿浮的身影而摇晃起来。

我呆立在街边，想着，在某一个层次上，我们都是无脚的人，如果没有人与人间的温暖与关爱，我们根本就没有力量走路，不管在任何时候任何地方，我们见到了令我们同情的人而行布施之时，我们等于在同情自己，同情我们生在这苦痛的人间，同情一切不能离苦的众生。倘若我们的布施使众生得一丝喜悦温暖之情，这布施不论多少就有了动人的质地，因为众生之喜就是我们之喜，所以佛教里把布施、供养称为"随喜"。

这随喜，有一种非凡之美，它不是同情、不是悲悯，而是因众生喜而喜，就好像在连绵的阴雨之间让我们看见一道精灿的彩虹升起，不知道阴雨中有彩虹的人就不会有随喜的心情。因为我们知道有彩虹，所以我们布施时应怀着感恩，不应稍有轻慢。我想起经典上那伟大充满了庄严的维摩诘居士，在一个动人的聚会里，有人供养他一些精美无比的璎珞，他把璎珞分成两份，一份供养难胜如来佛，一份布施给聚会里最卑下的乞者，然后他用一种威仪无匹的声音说："若施主等心施一最下乞人，犹如如来福田之相，无所分别，等于大悲，不求果报，是则名曰具足法施。"

他甚至警策地说，那些在我们身旁一切来乞求的人，都是位不可思议解脱菩萨境界的菩萨来示现的，他们是来考验我们的悲心与菩提心，使我们从世俗的沦落中超拔出来。我们若因乞求而布施来植福德，我们自己也只是个乞求的人，我们若看乞者也是菩萨，布施而怀恩，就更能使我们走出迷失的津渡。

我们布施时应怀着最深的感恩，感恩我们是布施者，而不是乞求的人；感恩那些秽陋残疾的人，使我们警醒，认清这是不完满的世界，我们也只是一个不完满的人。

"一切菩萨所修无量难行苦行，志求无上正等菩提，广大功德，我皆随喜。如是虚空界尽、众生界尽、众生烦恼尽，我此随喜无有穷尽。"

　　我想，怀着同情、怀着悲悯，甚至怀着苦痛、怀着鄙夷来注视那些需要关爱的人，那不是随喜，唯有怀着感恩与菩提，使我们清和柔软，才是真随喜。

／ 随业 ／

　　打开孩子的饼干盒子，在角落的地方看到一只蟑螂。

　　那蟑螂静静地伏在那里，一动也不动，我看着这只见到人不逃跑的蟑螂而感到惊诧的时候，突然看见蟑螂的前端裂了开来，探出一个纯白色的头与触须，接着，它用力挣扎着把身躯缓缓地蠕动出来，那么专心，那么努力，使我不敢惊动它，静静蹲下来观察它的举动。

　　这蟑螂显然是要从它破旧的躯壳中蜕变出来，它找到饼干盒的角落脱壳，一定认为这是绝对的安全之地，不想被我偶然发现，不知道它的心里有多么焦躁。可是再心焦也没有用，它仍然要按照一定的程序，先把头伸出，把脚小心地一只只拔出来，一共花了大约半小时的时间，蟑螂才完全从它的壳用力走出来，那最后一刻真是美，是石破天惊的，有一种纵跃的姿势。我几乎可以听见它喘息的声音，它也并不立刻逃走，只是用它的触须小心翼翼地探着新的空气、新的环境。

新出壳的蟑螂引起我的叹息，它是纯白的，几近于没有一丝杂质，它的身体有白玉一样半透明的精纯的光泽。这日常引起我们厌恨的蟑螂，如果我们把所有对蟑螂既有的观感全部摒除，我们可以说那蟑螂有着非凡的惊人之美，就如同是草地上新蜕出的翠绿的草蝉一样。

当我看到被它脱除的那污迹斑斑的旧壳，我觉得这初钻出的白色小蟑螂也是干净的，对人没有一丝害处。对于这纯美干净的蟑螂，我们几乎难以下手去伤害它的生命。

后来，我养了那蟑螂一小段时间，眼见它从纯白变成灰色，再变成灰黑色，那是转瞬间的事了。随着蟑螂的成长，它慢慢地从安静的探触而成为鬼头鬼脑的样子，不安地在饼干盒里搔爬，一见到人或见到光，它就不安焦急地想要逃离那个盒子。

最后，我把它放走了，放走的那一天，它迅速从桌底穿过，往垃圾桶的方向遁去了。

接下来好几天，我每次看到德国种的小蟑螂，总是禁不住地想，到底这里面，哪一只是我曾看过它美丽的面目，被我养过的那只纯白的蟑螂呢？我无法分辨，也不需去分辨，因为在满地乱爬的蟑螂里，它们的长相都一样，它们的习气都一样，它们的命运也是非常类似的。

它们总是生活在阴暗的角落，害怕光明的照耀，它们或在阴沟，或在垃圾堆里度过它们平凡而肮脏的一生。假如它们跑到人的家里，等待它们的是克蟑、毒药、杀虫剂，还有用它们的荷尔蒙做成来诱捕它们的蟑螂屋，以及随时踩下的巨脚，擎空打击的拖鞋，使它们在一击之下尸骨无存。

这样想来，生为蟑螂是非常可悲而值得同情的，它们是真正的"流浪生死，随业浮沉"，这每一只蟑螂是从哪里来投生的呢？它们短暂的生死之后，又到哪里去流浪呢？它们随业力的流转到什么时候才会终结呢？为什么没有一只蟑螂能维持它初生时纯白、干净的美丽呢？

这无非都是业。

无非是一个不可知的背负。

我们拼命保护那些濒临绝种的美丽动物，那些动物还是绝种了。我们拼命创造各种方法来消灭蟑螂，蟑螂却从来没有减少，反而增加。

这也是业，美丽的消失是业，丑陋的增加是业，我们如何才能从业里超拔出来呢？从蟑螂，我们也看出了某种人生。

／ 随顺 ／

在和平西路与重庆南路交口的地方，每天都有卖玉兰花的人，不只在天气晴和的日子，他们出来卖玉兰花，有时是大风雨的日子，他们也来卖玉兰花。

卖玉兰花的人里，有两位中年妇女，一胖一瘦；

有一位消瘦肤黑的男子，怀中抱着幼儿；有两个小小的女孩，一个十岁，一个八岁；偶尔，会有一位背有点弯的老先生，和一位白发苍苍的老妇，也加入贩卖的阵容。

如果在一起卖的人多，他们就和谐地沿着罗斯福路、新兰南路步行扩散，所以有时候沿着和平东西路走，会发现在复兴南路口、建国南路口、新生南路口、罗斯福路口、重庆南路口都是几张熟悉的脸孔。

卖花的不管是老人还是孩子，他们都非常和气，端着用湿布盖好以免玉兰枯萎的木盘子从面前走过，开车的人一摇手，他们绝不会有任何的嗔怒之意。如果把车窗摇下，他们会赶忙站到窗口，送进一缕香气来。在绿灯亮起的时候，他们就站在分界的安全岛上，耐心等候下一个红灯。

我自己就是交通专家所诅咒的那些姑息着卖玉兰花的人，不管是在什么样的路口，遇到任何卖玉兰花的人，我总是忘了交通安全的教训，买几串玉兰花，买到后来，竟认识了罗斯福路、重庆南路口几位卖玉兰花的人。

买玉兰花时，我不是在买那些清新怡人的花香，而是买那生活里心酸苦痛的气息。

每回看到卖花的人，站在烈日下默默拭汗，我就忆起我的童年时代为了几毛钱在烈日下卖支仔冰，在冷风里卖枣子糖的过去。在心里，我可以贴近他们心中的渴盼，虽然他们只是微笑着挨近车窗，但在心底，是多么希望，有人摇下车窗，买一串花。这关系着人间温情的一串花才卖十元，是多么便宜，但便宜的东西并不一定廉价，在冷气车里坐着的人，能不能理解呢？

几个卖花的人告诉我，最常向他们买花的是出租车司机，大概是出租车司机最能理解辛劳奔波的生活是什么滋味，他们对街中卖花者遂有了最深刻的同情。其次是开小车子的人。最难卖的对象是开着豪华进口车，车窗是黑色的人，他们高贵的脸一看到玉兰花贩走近，就冷漠地别过头去。

有时候，人间的温暖和钱是没有关系的，我们在烈日焚烧的街头动了不忍之念，多花十元买一串花，有时在意义上胜过富者为了表演慈悲、微笑照相登上报纸的百万捐输。

不忍？

是的，我买玉兰花时就是不忍看人站在大太阳下讨生活，他们为了激起人的不忍，有时把婴儿也背了出来，有人批评他们把孩子背到街上讨取人的同情是不对的。可是我这样想：当妈妈出来卖玉兰花时，孩子要交给保姆或佣人吗？当我们为烈日曝晒而心疼那个孩子，难道他的母亲不痛心吗？

遇到有孩子的，我们多买一串玉兰花吧！不要问什么理由。

我是这样深信：站在街头的这一群沉默卖花的人，他们如果有更好的事做，是绝对不会到街上来卖花的。

设身处地地为苦恼的人着想，平等地对待他们，这就是"随顺"，我们顺着人的苦难来满他们的愿，用更大的慈和的心情让他们不要在窗口空手离去，那不是说我们微薄的钱真能带给卖花的人什么利益，而是说我们因有这慈爱的随顺，使我们的心更澄澈、更柔软，洗涤了我们的污秽。

"一切众生而为树根，诸佛菩萨而为华果，以大悲水饶益众生，则能成就诸佛菩萨智慧华果。"

我买玉兰花的时候，感觉上，是买一瓣心香。

／ 随缘 ／

有一位朋友，她养了一条土狗，狗的左后脚因被车子碾过，成了瘸子。

朋友是在街边看到这条小狗的，那时小狗又脏又臭，在垃圾堆里捡拾食物，朋友是个慈悲的人，就把它捡了回来，按照北方习俗，名字越俗贱的孩子越容易养，朋友就把那条小狗正式命名为"小瘸子"。

小瘸子原是人见人厌的街狗，到朋友家以后就显露出它如金玉的一些美质。它原来是一条温柔、听话、干净、善解人意的小狗，只是因为生活在垃圾堆，它的美丽一直未被发现吧。它的外表除了有一点土，其实也是不错的，它的瘸，到后来反而是惹人喜爱的一个特点，因为它不像寻常的狗乱纵乱跳，倒像一个温驯的孩子，总是优雅地跟随它美丽的女主人散步。

朋友对待小瘸子也像对待孩子一般，爱护有加，由于她对一条瘸狗的疼爱，在街间中的孩子都唤她："小瘸子的妈妈。"

小瘸子的妈妈爱狗，不仅孩子知道，连狗们也知道，她有时在外面散步，巷子里的狗都跑来跟随她，并且用力地摇尾巴，到后来竟成为一种极为特殊的景观。

小瘸子慢慢长大，成为人见人爱的狗，天天都有孩子专程跑来带它去玩，天黑的时候再带回来。由于爱心，小瘸子竟成为巷子里最得宠的狗，任何名种狗都不能和它相比。也因为它的得宠，有人以为它身价不凡，一天夜里，小瘸子被抱走了，朋友和她的小女儿伤心得就像失去一个孩子。巷子里的孩子也惘然失去最好的玩伴。

两年以后，朋友在永和一家小面摊子上认到了小瘸子，它又回复在垃圾堆的日子，守候在桌旁捡拾人们吃剩的肉骨。

小瘸子立即认出它的旧主人，人狗相见，忍不住相对落泪，那小瘸子流下的眼泪竟滴到地上。

朋友把小瘸子带回家，整条巷子因为小瘸子的回家而充满了喜庆的气息，这两年间小瘸子的遭遇是不问可知的，一定受过不少折磨，但它回家后又恢复了往日的神采。过不久，小瘸子生了一窝小狗，生下的那天就全被预约，被巷子里，甚至远道来的孩子所领养。

做过母亲的小瘸子比以前更乖巧而安静了，有一次我和朋友去买花，它静静跟在后面，不肯回家，朋友对它说了许多哄小孩一样的话，它才脉脉含情地转身离去，从那一次以后，我再也没有看过小瘸子了，它是被偷走了呢？还是自己离家而去？或是被捕狗队的人所逮捕？没有人知道。

朋友当然非常伤心，却不知道在什么时候什么地点可以再与小瘸子会面。朋友与小瘸子的缘分又是怎么来的呢？是随着前世的因缘，或是开始在今生的会面？

一切都未可知。

但我的朋友坚信有一天能与小瘸子再度相逢，她美丽的眼睛望着远方说："人家都说随缘，我相信缘是随愿而生的，有愿就会有缘，没有愿望，就是有缘的人也会错身而过。"

佛鼓

住在佛寺里，为了看师父早课的礼仪，清晨四点就醒来了。走出屋外，月仍在中天，但在山边极远极远的天空，有一些早起的晨曦正在云的背后，使灰云有了一种透明的趣味，灰色的内部也仿佛早就织好了金橙色的衬里，好像一翻身就要金光万道了。

鸟还没有全醒，只偶尔传来几声低哑的短啾。听起来像是它们在春天的树梢夜眠有梦，为梦所惊，短短地叫了一声，翻个身，又睡去了。

最最鲜明的是醒在树上一大簇一大簇的凤凰花。这是南台湾的五月，凤凰的美丽到了峰顶，似乎有人开了染坊，就那样把整座山染红了，即使在灰蒙的清晨的寂静里，凤凰花的色泽也是非常雄辩的。它不是纯红，但比纯红更明亮，也不是橙色，比橙色更艳丽。比起沉默站立的菩提树，在宁静中的凤凰花是吵闹的，好像在山上开了花市。

说菩提树沉默也不尽然。经过了寒冷的冬季，菩提树的叶子已经落尽。仅剩下一株株枯枝守候春天，在冥暗中看那些枯枝，格外有一种坚强不屈的姿势，有一些生发得早的，则从头到脚怒放着嫩芽，翠绿、透明、光滑、匀净，桃形叶片上的脉络在黑夜的凝视中，片片了了分明。我想到，这样平凡单纯的树竟是佛陀当年成道的地方，自己就在沉默的树与精进的芽中深深地感动着。

这时，在寺庙的角落中响动了木板的啪啪声，那是醒板，庄严、沉重地唤醒寺中的师父。醒板的声音其实是极轻极轻的，一般凡夫在沉睡的时候不可能听见，但出家人身心清净，不要说是醒板，怕是一根树枝落地也是历历可闻的吧！

醒板拍过，天空逐渐有了清明的颜色，但仍是没有声息的，燕子的声音开始多起来，像也是被醒板叫醒，准备着一起做早课了。

然后钟声响了。

佛寺里的钟声悠远绵长，犹如可以穿山越岭一般。它深深地渗入人心，带来了一种惊醒与沉静的力量。钟声敲了几下，我算到一半就糊涂了，只知道它先是沉重缓慢的咚嗡咚嗡咚嗡之声，接着是一段较快的节奏，嗡声灭去，仅剩咚咚的急响，最后又回到了明亮轻柔的钟声，在山中余韵袅袅。

听着这佛钟，想起朋友送我们一卷见如法师唱念的《叩钟偈》，那钟的节奏是单纯缓慢的，但我第一次在静夜里听叩钟偈，险险落下泪来，人好像被甘露遍洒，初闻天籁，想到人间能有几回听这样美的音声，如何不为之动容呢？

晨钟自与叩钟偈不同，后来有师父告诉我，晨昏的大钟共敲一百零八下，因为一百零八下正是一岁的意思。一年有十二个月，有二十四个节气，有七十二候，加起来正合一百零八，就是要人岁岁年年日日时时都要惊醒如钟。但是另一个法师说一百零八是在断一百零八种烦恼，钟声有它不可思议的力量。到底何者为是，我也不能明白，只知道听那钟声有一种感觉，像是一条飘满了落叶尘埃的山径，突然被钟声清扫，使人有勇气有精神爬到更高的地方，去看更远的风景。

钟声还在空气中震荡的时候，鼓响起来了。这时我正好走到"大悲殿"的前面，看到逐渐光明的鼓楼里站着一位比丘尼，身材并不高大，与她面前的鼓几乎不成比例，但她所击的鼓竟完整地包围了我的思维，甚至包围了整个空间。她细致的手掌，紧握鼓槌，充满了自信，鼓槌在鼓上飞舞游走，姿势极为优美，或缓或急，或如迅雷，或如飙风……

我站在通往大悲殿的台阶上看那小小的身影击鼓，不禁痴了。那鼓，密时如雨，不能穿指；缓时如波涛，汹涌不绝；猛时若海啸，标高数丈；轻时若微风，拂面轻柔；它急切的时候，好像声声唤着迷路归家的母亲的喊声；它优雅的时候，自在得一如天空飘过的澄明的云，可以飞到世界最远的地方……那是人间的鼓声，但好像不是人间，是来自天上或来自地心，或者来自更邈远之处。

鼓声歇止有一会儿，我才从沉醉的地方被唤醒。这时《维摩经》的一段经文突然闪照着我，文殊师利菩萨问维摩诘居士："何等是菩萨入不二法门？"当场的五千个菩萨都寂静等待维摩诘的回答，维摩诘怎么回答呢？他默默不发一语，过了一会儿，文殊师利菩萨赞叹地说："善哉、善哉！乃至无有文字、语言，是真入不二法门。"

后来有法师说起维摩诘的这一次沉默，忍不住赞叹地说："维摩诘的一默，有如响雷。"诚然，当我听完佛鼓的那一段沉默里，几乎体会到了维摩诘沉默一如响雷的境界了。

往昔在台北听到日本神鼓童的表演时，我以为人间的鼓无有过于此者，真是神鼓！直到听闻佛鼓，才知道有更高的世界。神鼓童是好，但气喘吁吁，不比佛鼓的气定神闲；神鼓童是苦练出来的，表达了人力的高峰，佛鼓则好像本来就在那里，打鼓的比丘尼不是明星，只是单纯的行者；神鼓童是艺术，为表演而鼓，佛鼓是降伏魔邪，度人出生死海，减少一切恶道之苦，为悲智行愿而鼓，因此妙响云集，不可思议。

最最重要的是，神鼓童讲境界，既讲境界就有个限度；佛是不讲境界的，因而佛鼓无边。不只醒人于迷，连鬼神也为之动容。

佛鼓敲完，早课才正式开始，我坐下来在台阶上，听着大悲殿里的经声，静静地注视那面大鼓，静静地，只是静静地注视那面鼓，刚刚响过的鼓声又如潮汹涌而来。

殿里的燕子也如潮地在面前穿梭细语，配着那鼓声。

随风吹笛

远远的地方吹过来一股凉风。

风里夹着呼呼的响声。

侧耳仔细听，那像是某一种音乐，我分析了很久，确定那是笛子的声音，因为箫的声音没有那么清晰，也没有那么高扬。

由于来得遥远，使我对自己的判断感到怀疑；有什么人的笛声可以穿透广大的平野，而且天上还有雨，它还能穿过雨声，在四野里扩散呢？笛的声音好像没有那么悠长，何况只有简单的几种节奏。

我站的地方是一片乡下的农田，左右两面是延展到远处的稻田，我的后面是一座山，前方是一片麻竹林。音乐显然是来自麻竹林，而后面的远方仿佛也在回响。

竹林里是不是有人家呢？小时候我觉得所有的林子，竹林是最神秘的，尤其是那些历史悠远的竹林。因为所有的树林再密，阳光总可以毫无困难地穿透，唯有竹林的密叶，有时连阳光也无能为力；再大的树林也有规则，人能在其间自由行走，唯有某些竹林是毫无规则的，有时走进其间就迷途了。因此自幼，父亲就告诉我们"逢竹林莫入"的道理，何况有的竹林中是有乱刺的，像刺竹林。

这样想着，使我本来要走进竹林的脚步又迟疑了，在稻田的田埂上坐下来，独自听那一段音乐。我看着天色尚早，离竹林大约有两里路，遂决定到竹林里去走一遭——我想，有音乐的地方一定是安全的。

等我站在竹林前面时，整个人被天风海雨似的音乐震慑了，它像一片乐海，波涛汹涌、声威远大，那不是人间的音乐，竹林中也没有人家。

竹子本身就是乐器，风是指挥家，竹子和竹叶的关系便是演奏者。我研究了很久才发现，原来竹子洒过了小雨，上面有着水渍，互相摩擦便发生尖利如笛子的声音。而上面满天摇动的竹叶间隙，即使有雨，也阻不住风，发出许多细细的声音，配合着竹子的笛声。

每个人都会感动于自然的声音，譬如夏夜里的蛙虫鸣唱，春晨雀鸟的跃飞歌唱，甚至刮风天里滔天海浪的交响。凡是自然的声音没有不令我们赞叹的，每年到冬春之交，我在寂静的夜里听到远处的春雷乍响，心里总有一种喜悦的颤动。

我有一个朋友，偏爱蝉的歌唱。孟夏的时候，他常常在山中独坐一日，为的是要听蝉声，有一次他送我一卷录音带，是在花莲山中录的蝉声。送我的时候已经冬天了，我在寒夜里放着录音带，一时万蝉齐鸣，使冷漠的屋宇像是有无数的蝉在盘飞对唱，那种惊艳的美，有时不逊于在山中听蝉。

后来我也喜欢录下自然的声籁，像是溪水流动的声音，山风吹拂的声音，有一回我放着一卷写明《溪水》的录音带，在溪水琮琤之间，突然有两声山鸟长鸣的锐音，盈耳绕梁，久久不灭，就像人在平静的时刻想到往日的欢愉，突然失声发出欢欣的感叹。

但是我听过许多自然之声，总没有这一次在竹林里感受到那么深刻的声音。原来在自然里所有的声音都是独奏，再美的声音也仅弹动我们的心弦，可是竹林的交响整个包围了我，像是百人的交响乐团刚开始演奏的第一个紧密响动的音符，那时候我才真正知道，为什么中国许多乐器都是竹子制成的，因为没有一种自然的植物能发出像竹子那样清脆、悠远、绵长的声音。

可惜的是，我并没能录下竹子的声音，后来我去了几次，不是无雨，就是无风，或者有风有雨却不像原来配合得那么好。我了解到，原来要听上好的自然声音仍是要有福分的，它的变化无穷，是每一刻全不相同，如果没有风，竹子只是竹子，有了风，竹子才变成音乐，而有风有雨，正好能让竹子摩擦生籁，竹子才成为交响乐。

失去对自然声音感悟的人是最可悲的，当有人说"风景美得像一幅画"时，境界便低了，因为画是静的，自然的风景是活的、动的；而除了目视，自然还提供各种声音，这种双重的组合才使自然超拔出人所能创造的境界。世上有无数艺术家，全是从自然中吸取灵感，但再好的艺术家，总无法完全捕捉自然的魂魄，因为自然是有声音有画面的，还是活的，时刻都在变化的，这些全是艺术达不到的境界。

最重要的是，再好的艺术一定有个结局。自然是没有结局的，明白了这一点，艺术家就难免兴起"念天地之悠悠，独怆然而涕下"的寂寞之感。人能绘下长江万里图令人动容，但永远不如长江的真情实景令人感动；人能录下蝉的鸣唱，但永远不能代替看美丽的蝉在树梢唱出动人的歌声。

那一天，我在竹林里听到竹子随风吹笛，竟忘记了时间的流逝，等我走出竹林，夕阳已徘徊在山谷。雨已经停了，我却好像经过一场心灵的沐浴，把尘俗都洗去了。

　　我感觉到，只要有自然，人就没有自暴自弃的理由。

爱与恨

下雨的时候走在街上，有时会不自觉地落下泪来，心里感到忧伤。

有阳光的时候走在街上，差不多都能保持愉快的心，温暖地看待世界。

从前不知道原因何在，后来才知道，水性不二，我们心中的忧伤不就是天上的雨吗？明性也不二，我们心中的温暖就会与阳光的光明相映。

下雨天特别能唤起我们的悲心，甚至会感觉到满天的雨也比不上这忍苦世间所流的泪。

由于世间是这样苦，雨才下个不停。我相信，在诸佛菩萨的净土一定是不下雨的，在那里，满空的光明里，永远有花香随着花瓣飘飘落下。

在苦痛的时候，我们真的可以感受到每一滴雨水，都是前世忧伤的泪所凝结。

雨，是忧伤世间的象征，使我看见了每一位雨中的行人，心里都有着不为人知的隐秘的辛酸。

但想到我们今生落下的每一滴泪，在某一个时空会化成一粒雨珠落下，就感到抬头看见的每一颗雨珠都是我们心田的呈现。

下雨天的时候，我常这样祈愿：

但愿世间的泪，不会下得像天上的雨那样滂沱。

但愿天上的雨，不会落得如人间的泪如此污浊。

但愿人人都能有阳光的伞来抵挡生命的风雨。

但愿人人都能因雨水的清洗而成为明净的人。

这样许愿时，感觉雨和泪都清明了起来。

这样许愿时，使我知道，娑婆世界的雨也是菩萨悲心的感召。

　　为了爱

　　失恋是必要的

　　为了光明

　　黑暗是必要的

　　这些年来，我时常思考到爱与恨的问题，因此收到你的来信感到特别心惊，你说到连续谈了三场恋爱，被三个不同的男人抛弃，感受到每一次谈恋爱的感觉愈来愈淡薄，每一次被抛弃则愈来愈恨。

　　第一次失恋，你的感受是：真恨！真想报复他！

　　第二次，你更进一步谈道：我一定要想办法报复！

　　第三次的时候，你的心喷出这样的火焰：我要杀死他！

　　读了你的信，使我在夜暗的庭院中再三徘徊，抬头看着远天的星星，月光如洗，呀！这世界原是这样的美好，为什么人的心中要充满恨意呢？由于怀恨，我们的心眼昏眠，就看不见世间一切的好，自然也看不到自己在这里面的角色了。

我们时常谈到爱恨，但很少人去深思爱恨的问题，我现在用佛经的观点来看看爱恨，在南传的法句经里，把爱分成四个转变，也就是四个层次：

亲爱——对他人的友情。

欲乐——对某一特定对象的爱情。

爱欲——建立于性关系的情爱。

渴爱——因过分执着以至于痴病的爱情。

这四个层次逐渐加深，也就逐渐产生了苦恼，因此经上说了一首偈：

从爱生忧患，从爱生怖畏；

离爱无忧患，何处有怖畏？

苦恼生出恐惧，恐惧生出悲哀，悲哀再转为嗔恨，其实如果往前追溯，爱与恨是同一根源，好像手心与手背一样，所以佛陀说："爱可生爱，亦可生憎；憎能生憎，亦能生爱。"

什么是恨呢？经典里把愤恨连在一起，说它们是五种障道的力量，也是十种小随烦恼的两种：愤，恨之意，对有情、非情产生愤怒之心。恨，于愤所缘之事，数数寻思，结怨不舍。五种障道之力是欺、怠、嗔、恨、怨，欺能障信，怠能障进，嗔能障念，恨能障定，怨能障慧。

那么，像愤、恨、恼、嫉、害则是以嗔为体，嗔与贪、痴合称为"三毒"，贪与痴加起来产生嗔，所以嗔是心的最大障碍，在《大智度论》里说："嗔恚其咎最深，三毒之中，无重此者；九十八使中，此为最坚；诸心病中，第一难治。"

好了，现在我们知道爱欲与嗔恨的本质是相通的，我们可以来思考一些有趣的问题，一是爱虽然会转为恨，却不一定会转为恨，也可以说，失恋会使一些人意志消沉、愤恨难平，却也能使另外一些人更懂得去爱，开发更广大的胸怀，不幸的，你是属于前者。二是爱恨虽能束缚我们，它只是心的感受，犹如波浪之于大海，其中并没有实体，是缘起缘灭罢了，可叹的是，大部分人不能随缘，反而缘起即住，爱的时候陷溺在爱里，恨的时候沉沦于恨中。

一般人在爱恨的时候很少有检验的精神，很少反观这情绪的变化，因此就难以革新与创发。久而久之，爱恨逐成为一种模式。

"由爱生恨"是最固定的模式，我们从小就被教育了这种模式，我们在电视、小说、电影里学习到这种模式，在亲戚朋友身上感染这种模式，反映到真实生活里，我们在爱情失败时，随之而起的便是恨，没有一个例外，我把这种叫作"模式反应"，那有点像蚊子从我们眼前飞过，它不一定会伤害我们，但我们会下意识地举手去扑杀它一样。

如果不是"模式反应"，为什么千百万人失去爱的时候都反射出恨呢？那是不是人性的真实呢？我有一个朋友说过，欧洲人与美国人失恋，所带来的恨意就比中国人或日本人淡薄得多，大部分西方人在失恋中、离婚之后都能与从前的伴侣做朋友，那是他们的模式反应没有像我们一样。

为什么我要和大部分人一样，失恋就憎恨呢？可不可以做一个卓然的人，失恋也不恨呢？

失恋的恨，那是由于两个原因，一是认为失恋是坏事，二是我们沉沦于过去的觉受。

我曾经在笔记上写了两句话："为了爱，失恋是必要的；为了光明，黑暗是必要的。"

那就好像，如果我们不饥饿，就无法真正享受食物；如果我们不生病，就不知道健康的可贵；如果我们不年老，青春对我们就没有意义；如果我们要种莲花，没有烂泥巴是不行的……

失恋不是坏事，春天过了就是夏天，秋天过了就是冬天，这是必然的过程。我们热爱春秋，但并不能阻挡火热与寒冷的来临，我们热爱莲花、玫瑰、金盏花、紫丁香，但我们不能使它不凋零。

我们不喜欢凋零，然而，凋零是一种必然。

过去不能让它过去，未来不愿等待未来是人生最大的悲剧，其实，再怎么好的恋爱，每天都是不同的，我们甚至无法维持对一个人的爱，从早上到晚上都保有同一品质。也就是说，再好的爱都会失去，会成为过去式。

我们之所以为失恋烦恼，是因为我们不愿面对此刻、融入此刻，老是沉湎于过去。可叹的是沉湎于过去的人会失去生的乐趣、失去发现的乐趣、失去创造的可能、失去爱的能力。如果我们愿意走出来，就会发现就在此刻、就在门外，就有许多值得爱的人、许多值得爱的事物。

当然，不只是许多人值得爱，也有许多人等着爱我，只是我关在过去的枷锁里，他们没有机会来爱我吧！我要得到更好、更珍贵的、更真实的爱，首先是使我的心得到自由。

看你满腹烦恼、满脸愤恨、满脑子报复之思，就是有这世界上最好的对象，也会被你错过了呀！

让我们一起来做一些创造性的工作，每天清晨起来中，把昨天的爱恨全部放下，从零出发，对着镜子好好展现一个最美的笑吧！然后梳妆打扫（从心里的庄严开始），把自己最好的、最有魅力的那一面提起来，挺胸抬头走出门外，那才是今天的你、此刻的你，既然你认为自己是善良而美丽的，为什么不把善良和美丽表现出来呢？

如果是我，使我动心的异性，是那些有生机、有活力，能微笑走在风里的人，而不是怀忧丧志，满腹愤恨的人呀！

我说的这些都不是空话，而是我自己的体验，是我的开发与创造，说来你也许难以相信，我很感激那些从前抛弃过我的人，如果没有她们，就不会造就今天的我呀！

那些没有经过监狱的悲惨的人，不会懂得外面的世界是多么值得欢喜与感恩，你现在知道心灵监狱的悲惨，一旦你走了出来，就可以知道生命确是值得欢舞和庆祝的。

不是哭了，不要恨了，当你停止哭泣与怀恨的那一刻，我在你的脸上看到春天的光辉，那时，你是多么美，像一朵金盏花在清晨的阳光下温柔地开放。

虽然我没有见过你，但我真的看见了你转化恨意之后，脸上流转的光辉。

荣枯元有数，不必怨春风

随顺，就是随着充满黑暗的世界转动，自己还是一盏灯，不忱昨日，不期明日，安然当下。

脚下虽是方寸，方寸里自有乾坤。

心生一瓣香

你提到我们少年时代，常坐在淡水河口看夕阳斜落，然后月亮自水面冉冉上升的景况，你说："我们常边饮酒边赋歌，边看月亮从水面浮起，把月光与月影投射在河上，水的波浪常把月色拉长又挤扁，当时只是觉得有趣，甚至痴迷得醉了。没想到去国多年，有一次在密西西比河水中观月，与我们的年少时光相叠，故国山川争如水中之月，镜中之花，挤扁又拉长，最后连年轻的岁月也成为镜花水月了。"

这许多感怀，使你在密西西比河畔因而为之动容落泪，我读了以后也是心有戚戚。才一转眼间，我们竟已度过几次爱情的水月镜花，也度过不少挤扁又拉长的人世浮嚣了。

还记否？当年我们在木栅的小木屋里临墙赋诗，我的木屋中四壁萧然，写满了朋友们题的字句，而门上匾额写的是一首《困龙吟》。有一次夜深了，我在小灯下读钱钟书的《谈艺录》，窗外月光正照在小湖上，远听蛙鸣，我把书里的两段话用毛笔写在墙上：

"水月镜花，固可见而不可提，然必有此水而后月可印潭；有此镜而后花可映面。"

"水与镜也，兴象风神，月与花也，必书澄镜朗，然后宛然。"

那时我是相当穷困，住在两坪大只有一个书桌的小屋，我唯一的财产是满屋的书以及爱情。可是我是富足的，当我推开窗子，一棵大榕树面窗而立，树下是植满了荷花的小湖。附近人家是那么亲善，有时候，我为了送女友一串风铃到处告贷，以书果腹，你带酒和琴来，看到我的窘状，在我的门口写下两句话："月缺不改光，剑折不改刚。"

我在醉酒之后也高歌："我醉欲眠君且去，明朝有意抱琴来。"那似乎是我们穷到只要有一杯酒、一卷书，就满足地觉得江山有待了。后来我还在穷得付不出房租的时候，跳窗离开那个小屋。

前些日子我路过，顺道转去看那一间我连一个月两百元房租都缴不起的木屋，木屋变成一幢高楼，大榕树魂魄不再，小湖处也盖了一幢公寓，我站在那里怅望良久，竟然忘了自己身在何方，真像京戏《游园惊梦》里的人。

我于是想到世事一场大梦，书香、酒魄、年轻的爱与梦想都离得远了，真的是镜花水月一场，空留去思。可是重要的是一种回应，如果那镜是清明，花即使谢了，也曾清楚地映照过；如果那水是澄朗，月即使沉落了，也曾明白地留下波光。水与镜似乎都是永恒的事物，明显如胸中的块垒，那么，花与月虽有开谢升沉，也都是一种可贵的步迹。

我们都知道击石取火是祖先的故事，本来是两个没有生命的石头，一碰撞却生出火来。石中本来就有火种，再冷酷的事物也有它感性的一面，不断地敲击就有不断的火光，得火实在不难，难的是，得了火后怎么使那微小的火种得以不灭。镜与花，水与月本来也不相干，然而它们一相遇就生出短暂的美，我们怎样才能使那美得以永存呢？

只好靠我们的心了。

就在我正写信给你的时候，突然浮起两句古诗："笼中剪羽，仰看百鸟之翔，侧畔沉舟，坐阅千帆之过。"爱与生的美和苦恼不就是这样吗？岁月的百鸟一只一只地从窗前飞过，生命的千帆一艘一艘地从眼中航去，许多飞航得远了，还有许多正从那些不可测知的角落里航过来。

记得从你初到康涅狄格不久，曾经为了想喝一碗掺柠檬水的爱玉冰不可得而泪下，曾经为了在朋友处听到雨夜花的歌声而胸中翻滚，那说穿了也是一种回应，一种掺和了乡愁和少年情怀的回应。

我知道，我再也不可能回到小木屋去住了，我更知道，我们都再也回不到小木屋那种充满了清纯的真情岁月了，这时节，我们要把握的便不再是花与月，而是水与镜，只要保有清澄朗净的水镜之心，我们还会再有新开的花和初升的月亮。

有一首词我是背得烂熟了，是陈与义的《临江仙》：

忆昔午桥桥上饮，坐中尽是豪英。

长沟流月去无声。杏花疏影里，吹笛到天明。

二十余年成一梦，此身虽在堪惊。

闲登小阁看新晴。

古今多少事，渔唱起三更。

我一直觉得，在我们不可把捉的尘世的运命中，我们不要管无情的背弃，我们不要管苦痛的创痕，只有维持一瓣香，在长夜的孤灯下，可以从陋室里的胸中散发出来，也就够了。

连石头都可以撞出火来，其他的还有什么可畏惧呢？

比云还闲

万松岭上一间屋，

老僧半间云半间。

三夏云去作行雨，

回头方羡老僧闲。

——显万法师《庵中自题》

　　三十年前，我到美国演讲，朋友带我去参观一家企业总部的电脑机房。那一台电脑整整有一个房间那么大，操作起来，声音呱啦，非常吓人。当时，我就

想着：人们用这么巨大的东西，想要简化生活的流程，真是太奇怪了。

我使用的第一部无线电话，也是在三十年前。当时我在报社当采访记者。为了方便采访，报社购置了几部汽车行动电话，接在汽车上，使用前一天就要申请，才能携带外出。

汽车行动电话重达五公斤，大小就像007情报员的手提箱，一部要价15万元台币，正好可以在市郊买一间小房子，那时我的月薪4800元台币，要攒三年才能买一部汽车行动电话。因为汽车行动电话重而昂贵，每次采访结束后，都要从车上拆下，归还报社。

我们不止经历过资讯不便的生活，也经历过真正不便的日常生活。

小时候，没有洗衣机，我经常随母亲到河边洗衣，因为人口众多，每天要洗一箩筐衣服。我的工作是帮母亲泡湿衣服，以棒槌捶打，等母亲搓揉清洗完毕，再与母亲一人一头把衣服拧干。

洗一次衣服，往往需要一个下午。

当时也没有车子，出门往往以小时计算：上学，走一个小时；去姑妈家，走一个半小时；到外婆家，走两个小时；到山上的林场，走三个小时。

当时也没有冰箱，幸好食物不多，最好当日吃完；万一没吃完，要煮过、烫过、卤过，以免坏去。要长久储存，则要腌渍、晒干、发酵，极为费工。

当时更没有电饭锅，煮一餐饭，要从灶里生火开始，吹竹筒、烧大鼎，米浆和锅巴就是煮饭过程的产物。一锅饭煮成了，大约要两三个小时。

……

比起从前，我们的生活便利何止百倍？我们所有的发明都在减少时间的浪费，我们的手机和电脑都已经薄如纸，随时能与天涯海角的人联络。

洗衣服，完全不必动手；煮饭，不必生火，甚至有免洗的米；冰箱贮满食物，可以一个月不出门买菜；汽车、高铁、地铁，我们的生活不再以"时"计算，而是以"秒"计算，汽车广告是"0～100公里，只要4.6秒"。

理论上，我们省下了许多时间，生活应该变得很悠闲了。

实际上，我们却变得更忙，因为我们的节奏变快，走得更远，人际关系更错综，生活更复杂。生活便利百倍，忙碌也是百倍。回首前尘，常常忍不住感慨：如果我不用电脑、放弃手机、安步当车、少用现代电子和机具，是不是能有从前悠闲的生活，或回到悠闲的心情呢？

"閒（闲）"这个字真好，是门里的月亮和门外的月亮相呼应，悠闲的人也正是门里常有月光的人。

清代作家李渔甚至为这种门里有月光的生活写了一部书《闲情偶记》我最喜欢其中的一段：

以无事为荣，夏不谒客，亦无客至，匪止头巾不设，并衫履而废之。或裸处乱荷之中，妻孥觅之不得；或偃卧长松之下，猿鹤过而不知。洗砚石于飞泉，试茗奴以积雪；欲食瓜而瓜生户外，思啖果而果落树头。可谓极人世之奇闲，擅有生之至乐者矣！

赤身躺在荷花池里，连妻儿都找不到，躺在松树下睡觉，猴子跳过和白鹤飞过，也不知道有人在树下。写完字，在瀑布下洗砚台，把雪水拿来试茶。想吃瓜就到屋外去摘，想吃水果就到树下去捡……这是人生珍奇的闲情，也是生活里最快乐的事！

唉唉！真实的生活里，谁还有这样的闲情逸致呢？

想到苏东坡有一句话："天地本无主，有闲者便是主人！"

我想，生命需要减法，要有觉察地放下许多东西！要更从容、更慢、更有空间。

人人都想要浪漫的人生、浪漫的情感，却很少人知道"浪漫"就是"浪费时间慢慢地走，浪费时间慢慢地吃饭，浪费时间慢慢地相爱，浪费时间，慢慢地一起变老"！

常春藤

我的新家在巷口那栋全新的大楼，地理位置不错，生活很方便。附近巷口有一间小的木板房屋，居住着一个卖牛肉面的老人。那间木板屋可能是一座违章建筑，由于年久失修，整座木屋往南方倾斜成一个夹角，木屋处在两座大楼之间，益发破败老旧，仿佛随时随地都要倾颓，散成一片片木板。

任何人路过那座木屋，都不会有心情去正视一眼，除非看到老人推着面摊出来，才知道那里原来还有人居住。

但是在那断板残瓦南边斜角的地方，却默默地生长着一株常春藤，那是我见过最美的一株。许是长久长在阴凉潮湿肥沃的土地上，常春藤简直是毫无忌惮地怒放着，它的叶片长到像荷叶一般大小，全株是透明翡翠的绿，那种绿就像朝霞照耀着远远群山的颜色。

沿着木板壁的夹角，常春藤几乎把半面墙长满了，每一株绿色的枝条因为被夹壁压着，全往后仰视，好像向天空伸出了一排厚大的手掌；除了往墙上长，它还在地面四周延伸，盖满了整个地面，近看有点像还没有开花的荷花池了。

我的家里虽然种植了许多观叶植物，我却独独偏爱木板屋后面的那片常春藤。无事的黄昏，我在附近散步，总要转折到巷口去看那棵常春藤，有时看得发痴。隔不了几天去看，就发现它完全长成不同的姿势，每个姿势都美到极点。

有几次是清晨，叶片上的露珠未干，一颗颗滚圆的随风在叶上转来转去，我才仔细地看它的叶子，每一片叶子都是完整饱满的，丝毫没有一丝残缺，而且没有一点尘迹；可能正因为它长在夹角，连灰尘都不能至，更不要说小猫小狗了。

我爱极了长在巷口的常春藤，总想移植到家里来种一株，几次偶然遇到老人，却不敢开口。因为它正长在老人面南的一个窗口，倘若他也像我一样珍爱他的常春藤，恐怕不肯让人剪裁。

有一回正是黄昏，我蹲在那里，看到常春藤又抽出许多新芽，正在出神之际，老人推着摊车要出门做生意，木门"咿呀"一声，他对着我露出了善意的微笑，我趁机说："老伯，能不能送我几株您的常春藤？"

他笑着说："好呀，你明天来，我剪几株给你。"然后我看着他的背影背着夕阳向巷子外边走去。

老人如约送了我常春藤，不是一两株，是一大把，全是他精心挑拣过、长在墙上最嫩的一些。我欣喜地把它种在花盆里。

没想到第三天台风就来了，不但吹垮了老人的木板屋，也把一整株常春藤吹得没有影踪，只剩下一片残株败叶，老人忙着整建家屋，把原来一片绿意的地方全清扫干净，木屋也扶了正。我觉得怅然，将老人送我的一把常春藤要还给他，他只要了一株，他说："这种草的耐力强，一株就要长成一片了。"

老人的常春藤只随便一插，也并不见他施水除草，只接受阳光和雨露的滋润。我的常春藤细心地养在盆里，每天晨昏依时浇水，同样也在阳台上接受阳光和雨露。

然后我就看着两株常春藤在不同的地方生长，老人的常春藤愤怒地抽芽拔叶，我的是温柔地缓缓生长；他的芽愈抽愈长，叶子愈长愈大；我的则是芽愈来愈细，叶子愈长愈小。比来比去，总是不及。

那是去年夏天的事了。现在，老人的木板屋有一半已经被常春藤覆盖，甚至长到窗口；我的花盆里，常春藤已经好像长进宋朝的文人画里了，细细地垂覆枝叶。我们研究了半天，老人说："你的草没有泥土，它的根没有地方去，怪不得长不大。呀！还有，恐怕它对这块烂泥地有了感情呢！"

芒花季节

有空去看芒花吧！那些坚强的誓言，正还魂似的，飘落在整个山坡。

朋友来相邀一起到阳明山，说是阳明山上的芒花开得很美，再不去看，很快就要谢落了！

我们沿着山道上山去，果然在道旁、在山坡，甚至更远的山岭上，芒花正在盛开，因为才刚开不久，新抽出的芒花是淡紫色，全开的芒花则是一片银白，相间成紫与白的世界，与时而流过的云雾相映，感觉上就像在迷离的梦境一样。

我想到像芒花如此粗贱的植物，竟吸引了许多人远道赶来欣赏，像至宝一样，就思及万物的评价并没有一定的标准。

我说芒花粗贱，并没有轻视之意，而是因为它生长力强，落地生根，无处不在，从前在乡下的农夫去之唯恐不及。

就像我现在住在台北的十五楼阳台上，也不知种子随风飘来，或是小鸟沾之而来，竟也长了十几丛，最近都开花了。有几株是依靠排水沟微薄的泥土吸取养分，还有几株甚至完全没有泥土，是扎根在水管与水泥的接缝，只依靠水管渗出的水生长。芒花的生命力可想而知了。

再说，像芒花这种植物，几乎是一无是处的，几乎到了百无一用的地步，在干枯的季节，甚至时常成为火烧山的褐首。

我努力地思索从前芒花在农村的作用，只想到三个，一是编扫把，我们从前时常在秋末到山上割芒花回家，将芒花的种子和花摇落，捆扎起来做扫把；二是农家的草房，以芒草盖顶，可以冬暖夏凉；三是在春夏未开花时，芒草较嫩，可作为牛羊的食料。

但这也是不得已的好处，因为如果有竹扫把，就不用芒花，因为芒花易断落；如果有稻草盖屋顶，就不用芒草，因为芒草太疏松，又不坚韧；如果有更好的草，就不以芒草喂牛羊，因为芒草边有刺毛，会伤舌头。

在实用上是如此，至于美呢？从前很少人觉得美，早期的台湾绘画或摄影，很少以芒花入图像，是近几年，才有艺术家用芒花做素材。

从美的角度来看，单独或两三株芒花是没有什么美感的，但是如果一大片的芒花就不同了，那种感觉就像海浪一样，每当风来，一波一波的往前推进，使我们的心情为之荡漾，真是美极了。因此，芒花的美，美在广大、美在开阔、美在流动，也美在自由。

或者我们可以如是说："凡广大的、凡开阔的、凡流动的、凡自由的，即使是平凡粗贱的事物，也都会展现非凡的美。"

例如天空，美在广大；平原，美在开阔；河川，美在流动；风云，美在自由。

我幼年曾有一次这样的经验，那时应该是秋天吧！我沿着六龟的老农溪往上游步行，走呀走的，突然走到山腰的一片平坦的坡地，我坐在坡地上休息，抬头看到蓝天蓝得近乎纯净透明，河水在脚边奔流，风云在秋风中奔驰变化，而我，整个被开满的芒花包围了，感觉到整个山、整个天空、整个世界都在芒花的摇动中，随着律动。

当时的我，仿佛是醉了一样，第一次，感受到芒花是那样的美，从此，我看芒花就有了不同的心情。长大以后看芒花，总不自禁地想起乐府诗句："天苍苍，野茫茫，风吹草低见牛羊。"

是的，芒花之于大地，犹如白发之于盛年，它展现的虽然是大块之美，其中隐隐地带着悲情，特别是在夕阳时艳红的衬托，芒花有着金黄的光华。其实芒花的开谢是非常短暂的，它像一阵风来，吹白山头，随即隐没于无声的冬季。

生命对于华年，是一种无常的展露，芒花处山林之间，则是一则无常的演出。

某年某月的某一天，我们曾与某人站立于芒花遍野的山岭，有过某种指天的誓言，往往在下山的时候，一阵风来，芒花就与誓言同时凋落。某些生命的誓言或许不是消失，只是随风四散，不能捕捉，难以回到那最初的起点。

我们这漂泊无止的生命呀！竟如同驰车转动在两岸的芒草之中，美是美的，却有着秋天的气息。

在欣赏芒花的那一刻，感觉到应该更加珍惜人生的每一刻，应该更体验那些看似微贱的琐事，因为"志士惜年，贤人惜日，圣人惜时"，每一寸时光都有开谢，只要珍惜，纵使在芒花盛开的季节，也能见出美来。

从阳明山下来已是黄昏了，我对朋友说："我们停下来，看看晚霞之下的芒花吧！"

那时，小时候在老农溪的感觉又横越时空回到眼前，小时候看芒花的那个我，我还记得正是自己无误，可是除了感受极真，竟无法确定是自己。岁月如流，流过我、沇过芒花，流过那些曾留下，以及不可确知的感觉。

"今年，有空还要来看芒花。"我说。

如果你说，在台湾秋天可以送什么礼物，我想，有空和朋友去看芒花吧！"岭上多芒花，不只自愉悦，也堪持赠君。"

某年某月某一天，一起看过芒花的人，你还安在吗？有空去看芒花吧！那些坚强的誓言，正还魂似的，飘落在整个山坡。

月光下的喇叭手

冬夜寒凉的街心，我遇见一位喇叭手。

那时月亮很明，冷冷的月芒斜落在他的身躯上，他的影子诡异地往街边拉长出去。街很空旷，我自街口走去，他从望不见底的街头走来，我们原也会像路人一般擦身而过，可是不知道为什么，那条大街竟被他孤单凉寞的影子紧紧塞满，容不得我们擦身。

霎时间，我觉得非常神秘，为什么一个平常人的影子在凌晨时仿佛一张网，塞得街都满了，我惊奇地不由自主地站定，定定看着他缓缓走来，他的脚步零乱颠踬，像是有点醉了，他手中提的好像是一瓶酒，他一步一步逼近，在清冷的月光中我看清，他手中提的原来是把伸缩喇叭。

我触电般一惊，他手中的伸缩喇叭的造型像极了一条被刺伤而惊怒的眼镜蛇，它的身躯盘卷扭曲，它充满了悲愤的两颊扁平地亢张，好像随时要吐出fu——fu——的声音。

喇叭精亮的色泽也颓落成蛇身花纹一般，斑驳锈黄色的音管因为有许多伤痕凹凹扭扭，缘着喇叭上去是握着喇叭的手，血管纠结，缘着手上去我便明白地看见了塞满整条街的老人的脸。他两鬓的白在路灯下反射成点点星光，穿着一袭宝蓝色滚白边的制服，大盖帽也缩皱地贴在他的头上，帽徽是一只振翅欲飞的老鹰——他真像一个打完仗的兵士，曳着一把流过许多血的军刀。

突然一阵汽车喇叭的声音，汽车从我的背后来，强猛的光使老人不得不举起喇叭护着眼睛。他放下喇叭时才看见站在路边的我，从干瘪的唇边迸出一丝善意的笑。

在凌晨的夜的小街，我们便那样相逢。

老人吐着冲天的酒气告诉我，他今天下午送完葬分到两百元，忍不住跑到小摊去灌了几瓶老酒，他说："几天没喝酒，骨头都软了。"他翻来翻去从裤口袋中找到一张百元大钞，"再去喝两杯，老弟！"他的语句中有一种神奇的口令似的魔力，我为了争取请那一场酒费了很大的力气，最后，老人粗声地欣然地答应："就这么说定，俺陪你喝两杯，我吹首歌送你。"

我们走了很长的黑夜的道路，才找到隐没在街角的小摊，他把喇叭倒盖起来，喇叭粘贴在油污的桌子上，肥胖浑圆的店主人操一口广东口音，与老人的清瘦形成很强烈的对比。老人豪气地说："广东、山东，俺们是半个老乡哩！"店主惊奇笑问，老人说："都有个东字哩！"我在六十烛光的灯泡下笔直地注视老人，不知道为什么，竟在他平整的双眉跳脱出来几根特别灰白的长眉毛上，看出一点忧郁了。

十余年来，老人干上送葬的行列，用骊歌为永眠的人铺一条通往未知的道路，他用的是同一把伸缩喇叭，喇叭凹了，锈了，而在喇叭的凹锈中，不知道有多少生命被吹送了出去。老人诉说着不同的种种送葬仪式，他说到披麻衣的人群里每个人竟会有完全不同的情绪时，不觉笑了："人到底免不了一死，喇叭一响，英雄豪杰都一样。"

我告诉老人，在我们乡下，送葬的喇叭手人称"罗汗脚"，他们时常蹲聚在榕树下磕牙，等待人死的讯息，老人点点头："能抓住罗汗的脚也不错。"然后老人感喟，在中国，送葬是一式一样的，大部分人一辈子没有听过音乐演奏，一直到死时才赢得一生努力的荣光，听一场音乐会。"有一天我也会死，我可是听多了。"

借着几分酒意，我和老人谈起他飘零的过去。

老人出生在山东的一个小县城里，家里有一片望不到边的大豆田，他年幼的时代便在大豆田中放风筝，捉田鼠。看春风吹来时，田边奔放出嫩油油的黄色小野花，天永远蓝得透明，风雪来时，他们围在温暖的小火炉边取暖，听着戴毡帽的老祖父一遍又一遍说着永无休止的故事。他的童年里有故事、有风声、有雪色、有贴在门楣上等待新年的红纸，有数不完的在三合屋围成的庭院中追逐不尽的笑语……

"二十四岁那年，俺在田里工作回家，一部军用卡车停在路边，两个中年汉子把我抓到车上，连锄头都来不及放下，俺害怕地哭着，车子往不知名的路上开走……他奶奶的！"老人在车的小窗中看他的故乡远去，远远地去了，那部车丢下他的童年，他的大豆田，还有他老祖父终于休止的故事。他的眼泪落在车板上，四周的人漠然地看着他，一直到他的眼泪流干。下了车，竟是一片大漠黄沙不复记忆。

他辗转地到了海岛，天仍是蓝的，稻子从绿油油的茎中吐出他故乡嫩黄野花的金黄，他穿上戎装，荷枪东奔西走，找不到落脚的地方，"俺是想着故乡的哩！"渐渐地，连故乡都不敢想了，有时梦里活蹦乱跳地跳出故乡，他正在房间里要掀开新娘的盖头，锣声响鼓声闹，"俺以为这一回一定是真的，睁开眼睛还是假的，常常流一身冷汗。"

　　老人的故乡在酒杯里转来转去，他端起杯来一口仰尽一杯高粱。三十年过去了，"俺的儿子说不定娶媳妇了。"老人走的时候，他的妻正怀着六个月的身孕，烧好晚餐倚在门上等待他回家，他连一声再见都来不及对她说。老人酗酒的习惯便是在想念他的妻到不能自拔的时候弄成的。三十年的戎马真是倥偬，故乡在枪眼中成为一个名词，那个名词简单，简单到没有任何一本书能说完，老人的书才掀开一页，一转身，书不见了，到处都是烽烟，泪眼苍茫。

　　当我告诉老人，我们是同乡时，他几乎泼翻凑在口上的酒汁，几乎是发疯一般地抓紧我的手，问到故乡的种种情状，"我连大豆田都没有看过。"老人松开手，长叹一声，因为醉酒，眼都红了。

　　"故乡真不是好东西，发愁不是好东西。"我说。

　　退伍的时候，老人想要找一个工作，他识不得字，只好到处打零工，有一个朋友告诉他，"去吹唢叭吧，很轻松，每天都有人死。"他于是每天拿只喇叭在乐队装着个样子，装着，装着，竟也会吹起一些离别伤愁的曲子。在连续不断的骊歌里，老人颤音的乡愁反而被消磨得尽了。每天陪不同的人走进墓地，究竟是什么样一种滋味呢？老人说是酒的滋味，醉酒吐了一地的滋味，我不敢想。

我们都有些醉了，老人一路上吹着他的喇叭回家，那是凌晨三点至静的台北，偶尔有一辆急驶的汽车呼呼驰过，老人吹奏的骊歌变得特别悠长凄楚，喇叭哇哇的长音在空中流荡，流向一些不知道的虚空，声音在这时是多么无力，很快地被四面八方的夜风吹散，总有一丝要流到故乡去的吧！我想着。向老人借过伸缩喇叭，我也学他高高把头仰起，喇叭说出一首年轻人正在流行的曲子：

我们隔着遥迢的山河

去看望祖国的土地

你用你的足迹

我用我游子的乡愁

你对我说

古老的中国没有乡愁

乡愁是给没有家的人

少年的中国也没有乡愁

乡愁是给不回家的人

老人非常喜欢那首曲子，然后他便在我们步行回他万华住处的路上用心地学着曲子，他的音对了，可是不是吹得太急，就是吹得太缓。我一句句对他解释了那首歌，那歌，竟好像是为我和老人写的，他听得出神，使我分不清他的足迹和我的乡愁。老人专注地不断地吹这首曲子，一次比一次温柔，充满感情，他的腮鼓动着，像一只老鸟在巢中无助地鼓动翅翼，声调却正像一首骊歌，等他停的时候，眼里赫然都是泪水，他说："用力太猛了，太猛了。"然后靠在我的肩上呜呜地哭起来。我耳边却在老人的哭声中听到大豆田上呼呼的风声。

　　我也忘记我们后来怎么走到老人的家门口，他站直立正，万分慎重地对我说："我再吹一次这首歌，你唱，唱完了，我们就回家。"

　　唱到"古老的中国没有乡愁，乡愁是给没有家的人，少年的中国也没有乡愁，乡愁是给不回家的人"的时候，我的声音喑哑了，再也唱不下去，我们站在老人的家门口，竟是没有家一样地唱着骊歌，愈唱愈遥远。我们是真的喝醉了，醉到连想故乡都要掉泪。

　　老人的心中永远记得他掀开盖头的新娘的面容，而那新娘已是个鬓发飞霜的老太婆了，时光在一次一次的骊歌中走去，冷然无情地走去。

　　告别老人，我无助软弱地步行回家，我的酒这时全醒了，脑中充塞着中国近代史上一页沧桑的伤口，老人是那个伤口凝结成的疤，像吃剩的葡萄藤，五颜六色无助地掉落在万华的一条巷子里，他永远也说不清大豆和历史的关系，他永远也不知道老祖父的骊歌是哪一个乐团吹奏的。

　　故乡真的远了，故乡真的远了吗？

　　我一直在夜里走到天亮，看到一轮金光乱射的太阳从两幢大楼的夹缝中向天空蹦跃出来，有另一群老人穿着雪白的运动衫在路的一边做早操，到处是人从黎明起开始蠕动的姿势，到处是人们开门拉窗的声音，阳光从每一个窗子射进。

　　不知道为什么，我老是惦记着老人和他的喇叭，分手以后我再也没有见过他。每次在凌晨的夜里步行，老人的脸与泪便毫不留情地占据我。最坏的是，我醉酒的时候，总要唱起："我们隔着遥迢的山河，去看望祖国的土地，你用你的足迹，我用我游子的乡愁，你对我说，古老的中国没有乡愁，乡愁是给没有家的人。"然后我知道，可能这一生再也看不到老人了。但是他被卡车载走以后的一段历史却成为我生命的刺青，一针一针地刺出我的血珠来。他的生命是伸缩喇叭凹凹扭扭的最后一个长音。在冬夜寒凉的街心，我遇见一位喇叭手，春天来了，他还是站在那个寒冷的街心，孤零零地站着，没有形状，却充塞了整条街。

生命的化妆

我认识一位化妆师。她是真正懂得化妆、而又以化妆闻名的。

对于这生活在与我完全不同领域的人，使我增添了几分好奇，因为在我的印象里，化妆再有学问，也只是在皮相上用功，实在不是有智慧的人所应追求的。

因此，我忍不住问她："你研究化妆这么多年，到底什么样的人才算会化妆？化妆的最高境界到底是什么？"

对于这样的问题，这位年华已逐渐老去的化妆师露出一个深深的微笑。她说："化妆的最高境界可以用两个字形容，就是'自然'，最高明的化妆术，是经过非常考究的化妆，让人家看起来好像没有化过妆一样，并且这化出来的妆与主人的身份匹配，能自然表现那个人的个性与气质。次级的化妆是把人突显出来，让她醒目，引起众人的注意。拙劣的化妆是一站出来别人就发现她化了很浓的妆，而这层妆是为了掩盖自己的缺点或年龄的。最坏的一种化妆，是化过妆以后扭曲了自己的个性，又失去了五官的协调，例如小眼睛的人竟化了浓眉，大脸蛋的人竟化了白脸，阔嘴的人竟化了红唇……"

没想到，化妆的最高境界竟是无妆，竟是自然，这可使我刮目相看了。

化妆师看我听得出神，继续说："这不就像你们写文章一样？拙劣的文章常常是词句的堆砌，扭曲了作者的个性。好一点的文章是光芒四射，吸引人的视线，但别人知道你是在写文章。最好的文章，是作家自然的流露，他不堆砌，读的时候不觉得是在读文章，而是在读一个生命。"

多么有智慧的人呀！可是，"到底做化妆的人只是在表皮上做功夫！"我感叹地说。

"不对的，"化妆师说，"化妆只是最末的一个枝节，它能改变的事实很少。深一层的化妆是改变体质，让一个人改变生活方式。睡眠充足、注意运动与营养，这样她的皮肤改善，精神充足，比化妆有效得多。再深一层的化妆是改变气质，多读书、多欣赏艺术、多思考、对生活乐观、对生命有信心、心地善良、关怀别人、自爱而有尊严，这样的人就是不化妆也丑不到哪里去。脸上的化妆只是化妆最后的一件小事。我用一句简单的话来说明：三流的化妆是脸上的化妆，二流的化妆是精神的化妆，一流的化妆是生命的化妆。"

化妆师接着做了这样的结论："你们写文章的人不也是化妆师吗？三流的文章是文字的化妆，二流的文章是精神的化妆，一流的文章是生命的化妆。这样，你懂化妆了吗？"我为了这位女性化妆师的智慧而起立向她致敬，深为我最初对化妆师的观点感到惭愧。

告别了化妆师，回家的路上，我走在夜黑的地表，有了这样深刻的体悟：在这个世界一切的表象都不是独立自存的，一定有它深刻的内在意义，那么，改变表象最好的方法，不是在表象上下功夫，一定要从内在里改革。

可惜，在表象上用功的人往往不明白这个道理。

在细微的爱里

苏东坡有一首五言诗，我非常喜欢：

钩帘归乳燕，穴牖出痴蝇。

爱鼠常留饭，怜蛾不点灯。

对才华盖世的苏东坡来说，这算是他最简单的诗，一点也不稀奇，但是读到这首诗时，却使我的心深深颤动，因为隐在这简单诗句背后的是一颗伟大细致的心灵。

钩着不敢放下的窗帘，是为了让乳燕能归来，看到冲撞窗户的愚痴苍蝇，赶紧打开窗门让它出去吧！担心家里的老鼠没有东西吃，时常为它们留一点饭菜。夜里不点灯，是爱惜飞蛾的生命呀！

诗人那时代的生活我们已经不再有了，因为我们家里不再有乳燕、痴蝇、老鼠和飞蛾了，但是诗人的心境我们却能体会，他用一种非常细微的爱来观照万物，在他的眼里，看见了乳燕回巢的欢喜，看见了痴蝇被困的着急，看见了老鼠觅食的心情，也看见了飞蛾无知扑火的苦痛。

我们有很多人，对施恩给我们的还不知感念，对于苦痛生活在我们身边的人吝于给予，甚至对于人间的欢喜悲辛一无所知，当然也不能体会其他众生的心情。比起这首诗，我们是多么粗鄙呀！

不能进入微细的爱里的人，不只是粗鄙，他也一定不能品味比较高层次的心灵之爱，他只能过着平凡单调的日子，而无法在生命中找到一些非凡之美。

对人有情爱、有关怀，对日月虫蚁有感知，才能圆满。

　　我们如果光是对人的情爱有关怀，却不知道日落月升也有呼吸，不知道虫蚁鸟兽也有欢歌与哀伤，不知道云里风里也有远方的消息，不知道路边走过的每一只狗都有乞求或怒怨的眼神，甚至不知道无声里也有千言万语……那么我们就不能成为一个圆满的人。

　　我想起一首杜牧的诗，可以和苏轼这首诗相配，他这样写着：

　　　　已落双雕血尚新，鸣鞭走马又翻身。

　　　　凭君莫射南来雁，恐有家书寄远人。

人在江湖

　　做生意的朋友来看我，谈到内心里的许多挣扎，说有时候为了生意，不免要去应酬、喝酒，有时还要对别人设计、扯谎，其实自己的内心里向往着规规矩矩做生意，过单纯的生活，但这样的希望是很不可得的。

　　他的结论是："人在江湖，身不由己呀！"

　　朋友走了以后，我想到"人在江湖，身不由己"不只是做生意的人，也是一般人去做那些不随己意的事时，最常用的借口。江湖，真的那么可怕吗？什么是江湖呢？

　　"江湖"的用语，最早是出自庄子大宗师里"不如相望于江湖"，指的是三江（荆江、松江、浙江）五湖（洞庭湖、太湖、鄱阳湖、青草湖、丹阳湖），后来成为佛教里的常用语，把云游四海的云水僧称为"江湖人"。

　　那是因为在唐朝的时候，江西有马祖道一禅师，湖南有石头希迁禅师，两位禅师的德声享誉四方，同时大树法幢，当时天下各地的神僧，如果不是到江西去参马祖，就是到湖南去参石头，由于古代的交通不便，光是走到江西、湖南就要一年半载，他们沿路挂单参访，称为"走江湖"。走在江湖上的行者则称为"江湖人""江湖僧""江湖众"。

　　江湖还有别的意思，像禅士如果散居于名山大刹之外，居于江畔湖边自己参究的，也称为"江湖人"。

　　或者，一般隐士之居，也可以叫"江湖"，如汉书之"甚得江湖间民心"，范仲淹《岳阳楼记》说："处江湖之远，则忧其君"。

因此，在早期，"江湖"是很好的字眼，它象征着一种自由追求真理的态度；"江湖人"也是很好的字眼，是指那些可以放下一切，去探究生命真相的人。

不知道什么时候开始，在中国民间，"江湖"成为一般通俗的称呼，浪迹于四方谋生活的人，称为"走江湖"或"跑江湖"；阅历丰富的人称为"老江湖"，而以术敛财的人叫"江湖郎中"。这些都还是好的，江湖只是名词而已，到了现在，"江湖"成为"染缸"的同义词，政客在国会打架、骂三字经，说："人在江湖，身不由己。"商人出卖灵魂，重利轻义，说："人在江湖，身不由己。"黑社会杀人放火，无所不为，说："人在江湖，身不由己。"

你们的江湖到底是什么样的江湖呢？

人处世间，江湖风险，似乎是不可避免的，但是在同一个江湖里，有人自清自爱，有人随浊随堕，完全是看个人的选择，"身不由己"只是一个借口罢了！我想起《韩非子》里说："不可陷之盾与无不陷之矛，不可同世而立。"如果心里有清白的向往，而还继续混浊，当然会有矛盾、冲突与挣扎了。

在我们幼年时代，没有自来水，家家户户都在庭前摆水缸，接雨水备用，接来的水要先放一两天澄清，等泥尘沉淀才可使用。有时候孩子顽皮，以手去搅水缸，只要两三下，水就不能用了，要再澄清一两天才可用。

因此，我们很小的时候就知道绝对不要去搅水缸，因为"要使水澄清很难，要一两天；要使水混浊很容易，只要搅一两下。"

身在江湖的人也是一样的，古代的禅师为了发觉内在的澄明的泉源，不惜在江边湖畔，苦苦寻索，是看清了"江湖寥落，尔将安归？"的困局；现代的人则随着欲望之江陷溺于迷茫之湖，向外永无休止地需索，然后用"身不由己"来做借口。

即使我们真是身在江湖，也要了解江湖真实的意涵，"春风桃李花开日，秋雨梧桐叶落时"，江湖实不可畏，怕的是自己一直把手放在水缸里翻搅。

　　如果马祖与石头还在，我也真想去走江湖，但是如今最好是安住于自己的心，来让那心水澄清，以便哪一天，可以拿来饮用呀！

读者意识

朋友去参加一个关于文学与俗文学的座谈会，回来告诉我会里面有一些人在批评我的作品，或者这些批评的人根本没有读过我的作品，但是他们竟然生起一些共同的理念，就是我的作品太畅销了，因此他们认定我的作品是"媚俗"，是为了迎合读者而写作的。

当然，作家是很可以自命清高的，如果我们的作品没有人愿意读，印成书以后，十几年卖不掉一版，那我们可以说："是读者的水准太低，他们不能接受高水准的作品。"也可以说："我只对自己的作品负责，根本不管那些低俗的读者需要什么。"更可以说："我写得太好了，所以那些只能读普通作品的读者，自然读不懂我的东西。"

然后我们就可以"推论"："那些广受读者喜爱的作家是媚俗的，是迎合读者口味而写作的。"甚至连结论都出来了，像莎士比亚、海明威、泰戈尔、纪伯伦、赫尔曼·黑塞都是媚俗，否则怎么有那么多人读他们的作品！像施耐庵、曹雪芹，甚至米兰·昆德拉都很媚俗，否则怎么能比我的作品畅销呢？那庄子、李白、杜甫、白居易、苏东坡更是媚俗得厉害！

对于批评，我一向的态度是尊重别人的看法，但不予理睬，可是有些荒诞的观点不能不加以思考，譬如说媚俗，"俗"指的是"读者"，媚俗就是"讨好读者"。

值得思考的两个问题，一个是"讨好"，一个是"读者"。

读者真的那么容易讨好？想讨好就可以讨好吗？有年轻的作家问我："怎么样才可以成为畅销作

家？"我的回答是："我不知道，如果我知道如何成为畅销作家，早在二十年前刚开始写作的时候，我的作品就畅销了。"实际上是，读者并不是三岁小孩，你给他一颗糖，他就被讨好了。他要得更多，他要的是作家的诚恳，他要的是可以提升或触动心灵的东西，他要的是好作品。

若说读者那么容易被"媚"、被"讨好"，那大部分作家都会很畅销，不会有许多作家成为醋坛子。

其次，读者的水准真的是像想象中那么差吗？我的看法不是这样，凡是肯花钱买书来阅读的人，在我们这个普遍没有阅读习惯的社会，都是水准很高的人。他们大多受过良好的教育，他们的眼光雪亮、思维清楚，都是这个社会的中坚分子。他们不写作，只因为他们不是作家；他们读文学作品，是因为他们对文学有期待，有爱好、有认识。

有一些文学作品不能被读者接受，有可能是思想太高超了、文字太优美了、形式太前卫了。但有更多的文学作品不能销售，实在是由于作者的文学水准还比不上读者，不值一顾的关系。

因此，一个作家为读者而努力写作，心中有读者，并不是坏事，因为俗不可媚，所以多为读者的需要思考，不应该说是媚俗。很不幸的是，许多好作家，写作时心里只有评审委员和评论家；大部分作品不能被接受的次级作家，则是文章实在不能读，想媚也媚不起来。

我把心存读者、对读者有尊重，称之为"读者意识"，就像一个商人卖东西应该有"消费者意识"，一个导演拍电影应该有"观众意识"，一个政府施政应该有"人民意识"，这些都是不可轻侮的，因此叫好叫座也并非不可为。遗憾的是，"革新、安定、繁荣"在政治上是好的，大家都承认，"价廉物美，童叟无欺"在商业是好的，大家都承认；"好电影大卖座"大家也可以承认；为什么"好的文学畅销"在许多人眼中却是冲突而不可能的呢？

选举刚过，大家都在讨论民进党为什么失败，我的看法是失败在没有"人民意识"，一方面说人民是饲料鸡，是洋娃娃，态度多么轻蔑！一方面推销没有人要的产品："台湾独立"。言行举止那么粗暴！谁要来支持呢？

文学不离世情，一方面说读者水准不高，一方面又提不出有准的东西，当然是要没落的。

不管做什么事，在失败的时候如果还有借口，那就是还未曾尽过最大的努力，文学在市场上失败，是所有文学作家的失败，应该痛心检讨，不是去责难读者。就如政党的失败，要痛心检讨，如果反而责怪选民，以后不是会有更多人不愿投你的票了吗？

我把这些想法告诉朋友，他说："若被那些批评你媚俗的人听到了会说：'这样时时为读者思考，不是太媚俗了吗？'"

我说："如果有读者意识叫作媚俗，那我真的是媚俗的；如果有作家的作品广受欢迎，我会为他鼓掌，而不会在背后酸溜溜地打击他！"

世界光如水月，身心皎若琉璃

缘来缘去终是散，花开花败总归尘。在瞬息万变的世界里，做一朵清静之莲，常想一二，不思八九，和光同尘，与时舒卷。

步步起清风

我很喜欢禅宗的一个公案：

五祖法演禅师门下有三个杰出的弟子，佛果克勤、佛鉴慧勤、佛眼清远，时人号称"三佛"。

有一天，法演带着三个弟子，在山下的凉亭夜话，回寺的时候，灯突然灭了。

在黑暗中，法演叫每一位弟子说出自己的心境。

佛鉴说："彩凤丹宵。"

佛眼说："铁蛇横古路。"

佛果说："看脚下！"

法演当场给佛果印可说："将来传扬我的宗风只

有你呀！"

后来，佛果克勤禅师，果然宗风大盛。

我喜欢这个公案，原因是它的直截了当，一个人在无灯的黑夜走路，不必思维，只要看脚下就好。其次，我喜欢它的明白平常，简单的三个字就说明了，禅的根本精神是从站立的地方安身立命，没有比脚下更重要的地方了，因为一失足就成千古恨。

"看脚下"虽然如此简明易懂，却意味深长，六祖所说的"密在汝边"，祖师所说的"会心不远"，都是在说明真正美妙的心灵经验，不必到远处去追求。可惜大部分的人，都是舍弃了心灵的空地，去追求远处的境界，那就无法"即心是道场"，不能即刻点起已被风吹熄的烛火，继续前进。

不能看脚下的人，自然不能立定脚跟，这在禅宗里叫作"脚跟未点地"，也叫作"脚下生烟"，一个人的脚下如果生起烟雾，便无法落实于真切的生命，就好像腾云驾雾地过着虚妄的生活。

有时候我到寺庙里参访，在门槛的柱子上，或在容易跌倒的阶梯上，就会看见贴着"看脚下"三字，顿时心里一阵感动，有一种体贴之感，因为那时如果不看脚下，立刻就会跌倒了。

"看脚下"其实包括了禅宗几个重要的精神。

第一个精神是要活在当下，不活在过去与未来之中。人生的忧恼，大部分是来自过去习气的牵绊，以及对未来欲望的企图，如果时刻活在现前的一境，忧恼立即得到截断，例如喝茶的时候，如果专注于喝茶，不心思外驰，立刻可以得到专注之境。这不只是开悟的境界，一般人也可以领受与体验。

马祖道一禅师开悟以后，声名大噪，他未出家前结交的几位老朋友，对马祖的开悟半信半疑，于是相约一起去见马祖，并且希望能沿路想一些问题去请教请教。

这几位农民出发不久，就看见一只老黄牛绑在大树上，鼻子穿了一根绳子。黄牛由于不能走远，就绕这棵树行走，最后把鼻子碰在树上，又往反方向绕，越转越紧，又碰在树上。

其中一位就说："我们就拿这件事去请示马祖好了。"

再往前走不久，突然看见一只秋蝉飞来，脚跟被蜘蛛丝粘住了，飞不过去，心里一着急，吱吱大叫。蜘蛛看见秋蝉粘在树上，立刻赶过来要吃它，在这生死关头，秋蝉奋力一冲，呼噜一声，离开蛛丝飞走了。

其中一位说："我们再把这件事去请示马祖。"

最后，他们见到马祖。

第一位就问说："如何是团团转？"

"只因绳子不断。"

"绳子断了，又如何？"

"逍遥自在去也！"

马祖的老朋友听了都很吃惊，马祖明明没见到老牛，怎么知道我们问什么呢？第二位又问："如何是吱吱叫？"

"因脚下有丝！"

"丝断了，又如何？"

"呼噜飞去了！"

马祖的老朋友当下都得到了开启。

使人生不能自在的，是由于过去习气的绳子拉着我们团团转；使我们不能自由的，是情丝无法斩断。如果能回到脚下，一念不生，就自由自在了。

"看脚下"的第二个精神，是以平常心过日常生活。例如经常教人参"无"字公案的赵州禅师，每每对初来的人说"吃茶去！""吃粥也未？"马祖道一也说："吃饭时吃饭，睡觉时睡觉。"百丈怀海说的："一日不作，一日不食。"都是在示人，以圆融的态度来过平常的生活，而不是去追求不着边际的开悟。

"看脚下"是以平等的态度来对待生活里的一切，不为某些特殊的目的而放弃对历程的深思与体验，在每一个朝夕，都能"不离当处湛然"，如果喝茶吃粥时有湛然清明的心，其尊贵至高并不逊于人间伟大的事功。

《六祖坛经》一开始时就说：

"于一切时中，念念自见，万法无滞，一真一切真，万境自如如。如如之心，即是真实。若如是见，即是无上菩提之自性也。"

在每一刻的真实中，万法的真实即在其中，"掬水月在手，弄花香满衣"，掬水或弄花是平常而平等的，明月在手、花香满衣就变得十分自然。如果不能善待眼前的片刻，不就像以手捉月、舍花逐香吗？哪里可得呢？

看脚下的第三个精神，是以法为灯，以自为灯，去除依赖的心。

山中的烛火熄了，不仅要照看自己的脚下，还要以自己的眼睛和心灵为灯，小心地走路。

这个世界上虽有许多人可以告诉我们远处美丽的风景，却没有一个人能代替我们走茫茫的夜路。

只要点燃心中的灯，一心一意地生活下去，便可以展现充实的生命。

一般人无法见及生命的丰盈，不能冤于恐惧，只缘于没有脚跟着地罢了。

我们的灯如果燃起，就可以照看到"看脚下"的最高境界，是云门禅师所说的"日日是好日"，不管晴、雨、悲、喜，身心都能安然，甚至于连心痛的时刻，都能知道明日可能没有心痛之境，而坦然欢喜。

"日日是好日"，表面上是"每天都是黄道吉日"的意思，但内在力更深切的意义是"不忧昨日，不期明日"，是有好的心来看待或喜或悲的今天，是有好的步伐，穿越每日的平路或荆棘，那种纯真、无染、坚实的脚步，不会被迷乱与动摇。

在喜乐的日子，风过而竹不留声；在无聊的日子，不风流处也风流；在苦恼的日子，灭却心头火自凉；在平凡的日子，有花有月有楼台；随处做主，立处皆真，因为日日是好日呀！

"看脚下"真是一句韵味深长的话，这是为什么从前把修行人走的路叫作"虎视牛行"——有老虎一样炯炯的眼神，和牛一般坚实的步伐，也叫作"华严狮子"——每一步都留下深刻的脚印。

从远的看，人生行路苍茫，似乎要走很多的步幅；从近的看，生死之间短促，只是一步之间；在每一步里，脚底都有清凉的风，则每一步都不会错过。

那么，不管灯熄灯亮，不管风雨雷电，不管高山深谷，回来看脚下吧！脚下虽是方寸，方寸里自有乾坤。

走向无限的原野

从前的乡下戏院，在电影散场的前十分钟，守门人会把大门打开，准备疏散看戏的人潮。

那十分钟，会网开一面让买不起电影票的孩子进去看，在乡下叫作"捡戏尾仔"。

我是捡戏尾仔最忠实的孩子之一。每天一放学，就飞奔到戏院门口，常常跑得太快，书包像风筝一样，比肩膀还高。

到戏院门口紧急刹车，一边喘气一边等待，大门打开就和其他孩子一拥而入，站在最后一排看电影的结局。

那时流行武侠片和西部片。电影的结局其实是很类似的，通常是古代的侠客或西部的枪手，行侠仗义已经结束，孤独地策马走向无限的原野。

我在当时就有两个疑惑，一是为什么古代的中国侠士和现代的西方英雄是如此类似，孤单地来，孤单地去？为什么他们不在一个地方定居呢？二是为什么他们最后都要走向原野，原野是不是人生最好的归宿呢？

结局虽然如此类似，但那种策马走入原野的欢喜心情是难以形容的。

看完电影，天已经晚了，我在黄昏的原野间奔驰回家，仿佛一只鸢，滑翔过草原，背景是诗歌般的弦乐。

每天看戏尾仔的时间那么短暂，却影响了我对生命的美感经验，知道人是孤单地在原野中穿行，生命中发生的欢喜或悲愁，只是大原野中的小小驿站。

人生没有什么好计较争胜的。戏开始时，独自从原野走来；戏结束了，孤单地走向无限的原野。

过程中如真如实的人生，其实都是如戏如梦的。

严肃，是一种病

1994 年的诺贝尔文学奖得主大江健三郎，作品以艰涩难读著称，但是他的个性却温和幽默。他的生活明朗、作品沉郁，这两种完全不同的特质交集，源于他有一个智障的儿子大江光。

大江健三郎在青年时代就把文学作为人生的第一个壮志来追求，年轻时就受到日本文坛的瞩目，没想到三十一岁时生下第一个孩子大江光，是一个头盖骨不全的重度智障儿。

根据大江健三郎的回忆，大江光是在广岛出生的。当时广岛正在举行反核大游行，健三郎怀着混乱的心情去参加。大会之后，一群原爆牺牲者的亲属，聚集在河边追悼死者，并为死去的人放河灯。他们把死者的名字写在灯笼上，让灯笼随水漂流。

当时怅望河水，被绝望的心情包围的健三郎，也为大江光放了一个河灯，随水流去。他在心里希望，自己的孩子就那样死去。

随后不久，大江健三郎去访问原爆医院。院长告诉他，医院里有一些年轻医生，由于触目所见都是求生不得、求死不能的病人，自己又不能为病人解除痛苦，终于积郁自杀，因而造成了身受痛苦的病人挣扎求生，身无病痛但过度严肃的医生反而自杀的荒谬情况。

大江健三郎听了大有所悟，回东京后立刻请医生为大江光开刀，并立下第二个人生的壮志：与大江光共同活下去。

大江光虽是智障儿，又犯有严重的癫痫，但在父母亲细心的照护下，不只心灵澄明无染，还对音乐还有超凡的才华。如今大江光出版了两张个人音乐专辑

《大江光的音乐》《萨尔斯堡》，引起日本乐坛的震撼，甚至被称为"日本古典乐坛的奇葩"。

在大江健三郎获得诺贝尔文学奖后的一场演讲会上，他对听众自嘲说："据说我儿子的音乐所以受到欢迎，是因为有催眠曲的效果。如果有人听了大江光的音乐还睡不着，就请看我的书吧！"

我读了大江健三郎的报道，心里突然浮起"严肃，是一种病"这句话。就像在原爆医院自杀的医生一样，他们的严肃所带来的伤害反而比受辐射的病人严重得多。一个人对待生活过于严肃，甚至可以严重到失去生命的意趣呢！

最近在柏林影展获得最佳女主角奖的喜剧演员萧芳芳，她认为即使最严肃的题材也要有幽默感，她说："我对喜剧是情有独钟的，因为人生已经够苦了，能够带给别人欢乐，是一件好事。"

萧芳芳在实际生活中也饱受打击。她幼年丧父，少女时代经历过不顺利的婚姻，中年罹患了严重耳疾，即便在得奖的时刻还照顾着患了老年痴呆症的母亲。

虽然生命有这么多的历练，但是由于萧芳芳有幽默感，使她保有充沛的创造力，总是那么可亲、喜悦、优雅，远非只靠美貌的女星可比。

当今之世最长寿的人为法国女子尚妮·加蒙，最近度过一百二一岁的生日。路透社的记者问她长寿的秘诀，她说："常保笑容，我认为这是我长寿的要诀，我要在笑中去世，这是我的计划之一。"

她对疾病、压力、沮丧有绝佳的抵抗力，对每件事都感兴趣但又不过于热衷，一直到一百二十岁，还保持极佳的幽默感，既乐天，又喜欢开玩笑。她说："我总共只有一条皱纹，而我就坐在它上面。""我对凡事都感兴趣。""上帝已忘了我的存在，他还不急着见我，他知我甚深。"能一直轻松喜乐地活到一百二十岁，真是幸福的事。想一想，有许多人才二十岁就活得很不耐烦了呢！

听说日本这几年兴起一种补习班，叫作"微笑补习班"。许多人都缴费去学习微笑，因为在现代社会，人们早就忘记该怎么欢笑了。

微笑还需要补习，其中实有深意，因为微笑人人都会，但许多人都留在"技术层面"，有的是"皮笑肉不笑"，有的是"肉笑心不笑"，如果要"从心笑起"，就需要学习了。

想要"从心笑起"，大概要具备几个基本的素质：一是游戏的心情，二是包容的胸怀，三是幽默的态度。

没有游戏的心情，就会对苦乐过于执着、对成败过于挂怀，便难以在苦中作乐，品尝生命的真味。

没有包容的胸怀，就会思想僵化，不能容纳异见，难以接受批评，把别人视为寇仇，处处设限，也就难以日日欢喜了。

没有幽默的态度，就不懂得自嘲，不知甘于平凡，也不会对世事一笑置之，就会常画地自限，想不开了。

严肃，真的是一种病。那些外表严肃、内心充满怨恨的人，是生病了。那些以自我为中心、不能轻松的人，是生病了。那些执着于财势名位、不能放下的人，也是生病了。

如果严肃真的是一种病，现代人大部分是生病了，只是轻重缓急的不同罢了。

我们应该认识这种病，革除这种病，让我们懂得笑、懂得游戏、懂得包容、懂得轻松和幽默。

每天早晨，和我们会面的熟人真情一笑，和我们错身而过的陌生人点头微笑，或者，拯救社会就是从这里做起呢！

"人生已经够苦了，能够带给别人欢乐，是一件好事。"

文章辜负苍生多

到南部的农田，发现农夫也为着缺水而苦恼，原本用来的圳沟已经干涸，农田中一丝水也没有，水田已经变成旱田了。

这一期的稻作迟迟不敢播种，原因是冬季南方干旱，种了也是白种，再加上听说过一阵子要采取农田的限水措施，耕种无用，只好休耕。

农夫告诉我，可能会种一些番薯或花生，以便无米可吃的时候还能充饥。他说："那些做官的、决定政策的、上班的人，不管水灾、旱灾、地震、台风，都有薪水可领。他们很少会管我们的死活，就像现在，他们可能一边吹冷气一边喝咖啡在研究着限水的措施呢！"

从南方的农田回来，正好是中秋节，沿着火车两边，看到许多农夫犹在农田辛苦工作。他们没有节日、没有休假地耕耘，只是为了基本的生活。不知道那些吹冷气、喝咖啡、决定政策的人会不会设身处地地为他们想一想？

我想到从前跟随父亲下田的少年时期里，曾经抄录了许多关蓥层劳作者辛苦工作而有钱有闲者难以体会的诗歌，每在静夜读之，内心常为之戚戚。

有一首施耐庵在《水浒传》中的诗歌，最能表现此时此景：

赤日炎炎似火烧，

野田禾稻半枯焦。

农夫心内如汤煮，

公子王孙把扇摇。

在火烧一样的旱象里，田中的禾稻一半已经枯干了，农夫的心像在热汤里熬煮，那些公子王孙还在摇扇纳凉哩！

还有一首是写渔民生活艰辛的，是明朝孙承宗写的《渔家》：

> 呵冻提篙手未苏，
>
> 满船凉月雪模糊。
>
> 画家不解渔家苦，
>
> 好作寒江钓雪图。

用热气呵手，提篙的手还是冰冷僵硬的，船上的月色凄冷，照在模糊的雪上。可叹那些画家不能体会我们渔民的苦，老是喜欢画"寒江钓雪图"呀！

这首诗读来感触极深，对我们时常把"寒江独钓"看成是很高境界的知识人，无疑是当头棒喝！

这还是好的，唐朝李绅有一首《悯农诗》：

春种一粒粟，

秋收万颗子。

四海无闲田，

农夫犹饿死。

显得多么悲切恼心！

古来，时常把自己转换为劳动者的诗歌很多，或者是以小人物的观点来发出生命的悲叹，或者是希望唤起"公子王孙"对百姓的怜悯。

例如宋朝诗人张俞写的《蚕妇》：

昨日入城市，

归来泪满巾。

遍身罗绮者，

不是养蚕人。

昨天在城市里绕了一圈，回来后眼泪流湿了手巾。全身穿着上好丝衣的人，没有一位是养蚕的人呀！

大诗人白居易曾写过一首《卖炭翁》，其中有这样几句：

满面尘灰烟火色，
两鬓苍苍十指黑。
卖炭得钱何所营，
身上衣裳口中食。
可怜身上衣正单，
心忧炭贱愿天寒。

卖炭的老头子身上的衣服多么单薄呀！但是心里忧虑木炭的价钱太贱，宁愿天气更冷一些。

我们如今读这些诗句，仍感到深心恻恻。时代虽然不同，情境并未改变，每次想到平凡百姓的艰辛生活，诗歌就像活的一样，从记忆中流了出来。例如读到母亲卖掉亲生女儿去当雏妓的新闻，就会想起一首清朝名妓邵飞飞写给母亲的诗歌《致母》：

挑灯含泪叠云笺，

万里缄封报可怜。

为问生身亲阿母，

卖儿还剩几多钱？

女儿夜里挑灯写信给母亲大人，是为了把万里外我的可怜缄封寄给您知道。还想要问最亲爱的生身母亲，您把女儿卖了的钱花光了吗？还剩多少钱？

这首诗轻轻地朗读，总会令我眼湿。远望云山，想到有许多父母为了自己的生活，甚至为了买新的公寓，把亲生的女儿贱卖糟蹋，那情景，古今中外并无差异。

作践自己女儿的父母，与不能体会平民百姓艰辛的官员又有什么不同呢？有时到四乡走走，深知民众生活之苦，希望能写些文章，唤起大家的关心。这时才会知道文章多么无力，志气多么难伸。从前有许多诗歌就是写这种心境的，宋代诗人杨万里的《戏笔》："野菊荒苔各铸钱，金黄铜绿两争妍。天公支与穷诗客，只买清愁不买田。"宋朝才子吕蒙正的《祭灶诗》："一碗清汤诗一篇，灶君今日上青天。玉皇若问人间事，乱世文章不值钱。"

文章除了买清愁之外，又能买什么？在这混乱的世间，谁会重视文章的价值呢？每次在无助的时候，就会想起两句诗来：

三日不害民疾苦，
文章辜负苍生多。

为了不负天下苍生，就心甘地与大家共同走着挫折与崎岖的路，时而含悲忍泪，时而悲怆心痛，这可能是古今文学家共同的路吧！

火车正在田野奔行，我的心还系在那弯着腰的农夫身上。他蹲俯在田间，苍白得像一只鹭鸶，渺小得像一粒稻米呀！

以水为师

我很喜欢老子的一个故事。

传说中老子的老师常枞要过世的时候，老子去请教老师最后的教化。

常枞唤老子近身，叫老子看自己的嘴巴，问说："你看我牙齿还在吗？"

"没有，牙齿都掉光了。"老子回答说。

"那么，你看我的舌头还在吗？"

"还在，还鲜红一如从前。"老子说。

常枞说："这就是我教你的最后一课呀。在这个世界上，柔软是最有力量的。我死了之后，你要以水为师，水是这世界上最柔软的东西，但是天下最刚强的东西也不能抵挡水。"

说完后，常枞就过世了。

这虽然是无法考证的传说，却点出了老子思想的精要所在。老子的《道德经》虽然讲的是"道"和"德"，但以水来作象征的篇章很多，例如：

道冲，而用之或不盈。渊兮似万物之宗。挫其锐，解其纷，和其光，同其尘，湛兮似或存。

——道要像深渊一样深不可测，是万物的本源，要清澈得似有若无。

上善若水。水善利万物而不争，处众人之所恶，故几于道。

——最上善的人，像水一样。水能滋养万物；而且本性温柔，顺自然而不争；能蓄居在众人不愿居住的低下之处。有水这三种特质的人，就与道相近了。

持而盈之，不如其已。

——人的内心要像水一样，盛在任何器皿都不能太满，满了就会溢出，所以在满之前，就要知止。

知其雄，守其雌，为天下溪。

——知道雄壮刚强的好处，宁可处于雌伏柔顺的状态，这样的人才可以作为天下的溪谷，使众水流注。

譬道之在天下，犹川谷之于江海。

——道在天下万物，就像江海对于川谷，江海是百川的归宿，道也是万物的母亲。

天下之至柔，驰骋天下之至坚，无有入无间。

——天下最柔软的东西，才能驾驭天下最坚强的东西，唯有以"无有"才能进入没有间隙的实体。

大国者下流，天下之牝，天下之交。

——伟大的国家应该像江海一样自居于下游，表现得像母性一样温柔，就会成为天下归结的所在。

江海所以能为百谷王者，以其善下之，故能为百谷王。

——江海所以能成为百川之王，是因为它善处于低下的位置，吸引百川汇注，所以成为百川之王。

天下莫柔弱于水，而攻坚强者莫之能胜。

——天下没有比水更柔弱的东西了，可是要攻破坚强的事物，没有一样胜过水。

……

因此，老子的哲学，我们可以说是水的哲学，也是守柔的哲学，也是他反复说明的"守柔曰强"。"柔弱者，生之徒""弱者，道之用""柔弱胜刚强"等等的理由。但这种柔弱、柔顺、柔软、柔韧并非怯懦，而是"虚其心，实其腹，弱其志，强其骨"的。

天下人皆知水的珍贵，却往往轻忽那丰沛的水；善以水为师的，实在是太少了。所以老子才会感慨地说："弱之胜强，柔之胜刚，天下莫不知，莫能行。"（弱能胜强，柔能克刚，天下人都知道，但天下人都难以实践。）

感慨还是好的，有时候令人悲哀。如果我们对人说应该以水为师、珍惜每一滴水、保护环境和水土，不要滥垦滥葬，不要设高尔夫球场，不要破坏森林，这时候，"下士闻道，大笑之，不笑不足以为道。"（识见浅薄的人听到珍贵的道理，便大笑起来，如果他不笑，也不能算道了。）

在天下大旱之际，想到老子"以水为师""守柔曰强"的思想，感受更是深刻，我们今天"居大旱而望云霓"，不正是从前"为者败之，执者失之"的结果吗？

为民牧者一边在破坏水土的球场上打高尔夫球，一边渴雨祈雨，有没有反省从前的作为呢？

黄昏月娘要出来的时候

开车从大汉溪到莺歌的路上，黄昏悄悄来临了，原本澄明碧绿的山景先是被艳红的晚霞染赤，然后在山风里静静地黯淡下来，大汉溪沿岸民房的灯盏一个一个被点亮。

夏天已经到了尾声，初秋的凉风从大汉溪那头绵绵地吹送过来。

我喜欢黄昏的时候，在乡间道路上开车或散步，这时可以把速度放慢，细细品味时空的一些变化。不管是时间还是空间，黄昏都是一个令人警醒的节点。在时间上，黄昏预示了一天的消失，白日在黑暗里隐遁，使我们有了被时间推迫而不能自主的悲感；在空间上，黄昏似乎使我们的空间突然缩小，我们的视野再也不能自由放怀了，那种感觉就像电影里的大远景被一下子跳接到特写一般，白天不在乎的广大世界，黄昏时或为片段的焦点——我们会看见橙红的落日、涌起的山峦、斑斓的彩霞、墨绿的山线、飘忽的树影，都宛如定格一般。

事实上，黄昏与白天、黑夜之间并没有断绝，日与夜的空间并不因黄昏而改变，日与夜的时间也没有断落。那么，为什么黄昏会给我们这么特别的感受呢？欢喜的人看见了黄昏的优美，苦痛的人看见了黄昏的凄凉；热恋的人在黄昏下许诺誓言，失恋的人则在黄昏时看见了光明绝望的沉落。

就像今天开车路过乡间的黄昏，坐在我车里的朋友因为疲倦而沉沉地睡去了，穿过麻竹防风林的晚风拍打着我的脸颊，我感觉到风的温柔、体贴与优雅，黄昏的风是多么静谧，没有一点声息。

突然一些巨大明亮的月亮从山头跳跃出来，这一轮月亮的明度与巨大，使我深深地震动，才想起今天是农历六月十八，六月的明月其实是一点也不逊于中秋的。说看见月亮的那一刻使我深深震动，一点也不夸张，因为我心里不觉地浮起两句有些忧伤的歌词：

若是黄昏月娘欲出来的时，

加添阮心内悲哀。

这两句是一首闽南语歌《望你早归》的歌词，记得它的原作曲者杨三郎先生曾经说过他作这首歌的背景。那时台湾刚刚光复，因为经历了战乱，他想到每一个家庭都有人离散在外。凡有人离散在外，就会有思念。而思念在黄昏夜色将临时最为深沉和悠远，心里自然有更深的悲意，他于是自然地写下了这一首动人的歌。我最爱的正是这两句。

现在时代已经改变了，战乱离散的悲剧不再和从前一样，但是大家还是爱唱这首歌，原因在于，每个人的心灵深处都埋藏着远方的人啊！我觉得在人的情感之中，最动人的不一定是生死相许的誓言，也不一定是缠绵悱恻的爱恋，而是对远方人的思念。因为，生死相许的誓言与缠绵悱恻的爱恋都会破灭、淡化，甚至在人生中完全消失，唯有思念能穿破时间和空间的阻隔，永远在情感的水面上开花，犹如每日黄昏时从山头升起的月亮一样。

远方的思念是情感中特别美丽的一种，可惜这个时代的人已经逐渐失去了这种情感，就好像越来越少人能欣赏晚上的月色、秋天的白云、山间的溪流一般。人们总是想，爱就要轰轰烈烈，要情欲炽盛，要合乎时代的潮流，于是乎，爱的本质就完全地改变了。

思念的情感不是如此，它是心中有情，但眼睛犹能穿透情爱，有一个清明的观点。一如太阳在白云之中，有时我们看不见太阳，而大地仍然非常明亮。太阳是永远存在的，一如我们所爱的人，不管他是远离、死亡，还是背弃，我们的思念永远不会失去。

佛经告诉我们"生为情有"，意思是人因为有情才会投生到这个世界。因此凡是生活在这个世界的人，必然会有其许多情缘的纠缠。这些情缘使我们在爱河中载沉载浮，使我们在爱河中沉醉迷惑，如果我们不能在情爱中维持清明的距离，就会在情与爱的推迫之下，或贪恋，或仇恨，或愚痴，或痛苦，或堕落，或无知地过着一生。

尤其是情侣的失散几乎是不可避免的必然了，通常，情感失散的时候就会使我们愁苦、忧痛，甚至怀恨，但是我们必须认识到愁苦、忧痛、怀恨都不能挽救或改变失散的事实，反而增添了心里的遗憾。有时我们会感叹，为什么自己没有菩萨那样伟大的情怀，能站在超拔的海面晴空丽日之处，来看人生中波涛汹涌如海的情爱？

其实也没有关系，假如我们不能忘情，也可以从情爱中拔起身影，有一个好的面对。这种心灵的拔起，即是以思念之情转换悲苦的心。思念虽有悲意，但那样的悲意是清明的，乃是认识了人生的无常、情爱不能永驻之实相对自我、对人生、对伴侣的一种悲悯之心。

释迦牟尼佛早就看清了人间有免不了的八苦，就是生、老、病、死、爱别离、怨憎会、所求不得、烦恼炽盛。这八苦的来由，归纳起来，就是一个"情"字。有情必然有苦，若能使情成为思念的流水，则苦痛会减轻，爱恨不至于使我们窒息。

我们都是薄地的凡夫，我很喜欢"凡夫"这两个字，凡夫的"凡"字中间有一颗大心，凡夫之所以永为凡夫，正是多了一颗心。这颗心有如铅锤，蒙蔽了我们自性的清明，拉坠使我们堕落。若能使凡夫之心有如黄昏时充满思念的明月，则即使有心，也是无碍了。能以思念之情来转换情爱失落败坏的人，就可以以自己为灯，做自己的皈依处，纵是含悲忍泪，也不会失去自己的光明。

佛陀曾说："情感由过去的缘分与今生的怜爱所产生，宛如莲花由水和泥土这两样东西所孕育。"是的，过去的缘分是水，今生的怜爱是泥土，然后开出情感的莲花。

人的情感如果是莲花，就不应该有任何的染着。假如我们会思念、懂得思念、珍惜思念，我们的思念就会化成情感莲花上清明的露水，在清晨或黄昏，闪着炫目的七彩。

若是黄昏月娘欲出来的时，

加添阮心内悲哀。

我轻轻唱起了这《望你早归》的思念之歌，想象着这流动在山林中的和风，有可能是我们思念远方人的轻轻的呼吸。在千山万水之外，在千年万岁之后，我们的思念是一枚清楚的戳印，它让我们来到这个世界，不失前世的尘缘；它让我们转入未来的时空，还带着今生的记忆。

引动我们悲凉的月亮，如果我们能清明，也会使我们心中的明月在乌云密布的山水之间升起。

我想起两句偈："心清水月现，意定天无云。"

然后我踩下油门，穿过林间小路，让风吹过，让月光肤触，心中想着夜曲一般小提琴的声音，琴声围绕中还有一盏灯火。我自问着：远方的人不知听不听得见这思念的琴声？不知看不看得见这光明的灯盏？

　　你呢？你听见了吗？你看见了吗？

写在水上的字

生命的历程就像是写在水上的字，顺流而下，想回头寻找的时候总是失去了痕迹，因为在水上写字，无论多么的费力，那水都不能永恒，甚至是不能成型的。

如果我们企图要停驻在过去的快乐里，那真是自寻烦恼，而我们不时从记忆中想起苦难，反而使苦难加倍。生命历程中的快乐和痛苦，欢欣和悲叹只是写在水上的字，一定会在时光里流走。

身如流水，日夜不停流去，使人在闪灭中老去。

心如流水，没有片刻静止，使人在散乱中活着。

身心俱幻正如在流水上写字，第二笔未写，第一笔就流到远方。

爱，也是流水上写字，当我们说爱的时候，爱之念已流到远处。

美丽的爱是写在水上的诗，平凡的爱是写在水上的公文，爱的誓言是流水上偶尔漂过的枯叶，落下时，总是无声地流走。

既然是生活在水上，且让我们顺着水的因缘自然地流下去，看见花开，知道是花的因缘足了，花朵才得以绽放；看见落叶，知道是落叶的因缘足了，树叶才会掉下。在一群陌生人之间，我们总是会遇见那些有缘的人，等到缘尽了，我们就会如梦一样忘记他的名字和脸孔，他也如写在水上的一个字，在因缘中散灭了。

我们生活着为什么会感觉到恐惧、惊怖、忧伤与苦恼，那是由于我们只注视写下的字句，却忘记字是写在一条源源不断的水上。水上的草木一一排列，它们互相并不顾望，只顺势流去，人的痛苦是前面的浮草思念着后面的浮木，后面的水泡又想看看前面的浮木。只要我们认清字是写在水上，就能够心无挂碍，没有恐惧，远离颠倒梦想。

在汹涌的波涛与急速的旋涡中，顺流而下的人，是不是偶尔抬起头来，发现自己原是水上的一个字呢？

情困与物困

我的一个朋友，爱玉成痴。

他不管在何时何地见到一块好玉，总是想尽一切办法据为己有，偏偏他又不是很富有的人，因此在收藏玉的过程中，吃了许多苦头，有时到了节衣缩食、三餐不继的地步。

有一回，他在一个古董商那里见到了一个白玉狮子，据说是汉朝的，不论玉质、雕工全是第一流的。我的朋友爱不忍释，工作也不太做了，每天都跑去看那块玉，看到眼睛都发出红火，人被一团火炙地燃烧。

他要买那块玉，古董店的老板却不卖，几经折腾，最后，我的朋友牺牲了他所居住的房子，才买下了那个白玉狮子，租住在一个廉价的住宅区内。

他天天抱着白玉狮子睡觉，出门时也携带着，一遇到人就拿出来欣赏，自己单独的时候，也常常抚摸那座洁白的狮子发呆。除了这座狮子，他身上总随时携带着他最心爱的收藏，有时候感觉到一个男子，从口袋里，腰带间，皮包内随时掏出几块玉来，真是不可思议的事。

他玩玉到了疯狂的地步，由于愈玩愈精，就更发现好玉之难求，因为好玉难求，所以投入了全部的家当，幸好他是个单身汉，否则连老婆也会被他当了。到最后，他房子也卖了，车子也没有了，工作也丢了。

为什么丢掉工作呢？说来简单："我要工作三年，才能买一件上好的玉，这样的工作不做也罢了。"

朋友成为家徒四壁的人，每天陪伴他的只有玉了。后来不成了，因为玉不能吃，不能穿，只好把最心爱的玉里等级比较差的卖给别人，每卖一件就落一次泪，说："我买的时候是几倍的价钱，现在这么便宜让给别人，别人还嫌贵。"

有一次，他租房子的房东逼着要房租，逼得急了，他一时也找不到钱，就把白玉狮子拿了出来，说："这块玉非常名贵，先押在你这里，等我筹足了房钱，再把它赎回来。"

可惜他的房东是个老粗，对他说："俺要这臭石头干什么！万一不小心打破了，还嫌烦呢！你明天找房钱来，不然我把你丢出去！"

朋友对我讲这个故事的时候，泣不成声。在痴爱者眼中的白玉狮子是无可比拟的，可以用房子去换取，然而在平常百姓的眼中，它再名贵，也只是一块石头。

有一次我在台北故宫博物院看玉的展览，正好遇到了乡下的一个旅行团，几个乡下的老妇人看玉看得饶有兴趣，我凑过去，发现他们正围着那个最有名的国宝"翠玉白菜"观看，以下是他们对话的传真：

"哇！真巧，雕的和真的一模一样，上面还有一只肚猴呢！"

"这个刻得那么像，一个大概是值好几千块吧！"

一位看起来是权威人士的老妇人说："你嘛，不识字又兼不卫生，什么好几千，这一个一定要好几万才买得到！"

我把这个故事说给朋友听，他因此破涕为笑，我说："你看台北故宫博物院的好玉何止千万块，尤其是小品珍玩的部分，看起来就知道曾有一位爱玉的人在上面花下无数的心血，可是他死的时候不能带走一块玉，我们现在看那些玉也不知道它曾经有过多少主人，对于玉，能够欣赏的人就算拥有了，何必一定要抱在手里呢？佛经里说'智者金石同一观'就是这个道理。"

"爱玉固然是最清雅的嗜好，但一个人爱玉成痴，和玩股票不能自拔，和沉迷于逸乐又有什么不同呢？"

朋友后来彻底地觉悟，仍然喜欢着玉，却不再被玉所困，只是有时他拿出随身的几块玉还会感慨起来。

物固然是足以困人，情更比物要厉害百倍。

对于情的执迷，为情所困，就叫"痴"。痴是人世间的三毒之一（另外两毒是贪与嗔），情困到了深处，则是三毒俱现，先是痴迷，而后贪爱，最后是嗔恨以终。则情困是一切烦恼的根源，没有比这个更厉害了。

被情爱所系缚，被情爱所茧结，被情爱所迷惑，被情爱所执染，几乎是人间不可避免的，但当情爱已经消失的时候，自己还系缚茧结自己，自己还迷惑执着自己，这就是真正的情困。

有一次我遇到一位中年妇女，她的朋友都已经儿女成群，可是她没有结婚，没有结婚的理由很简单，因为她忘不了二十年前的一段初恋。

她的初恋有什么不凡吗？为何她不能忘却？其实

也没有，只是一个少男一个少女在学校里互相认识了，发誓要长相厮守，最后这个男的离开了，少女独自过着孤单的心灵生活，一过就是二十年。

这么普通的故事，她也说得眼泪涟涟，接着她说："不过，这也都是过去的事了。"

我说："在时间上，你的故事已经过去了，实际上一点也没有过去，因为你的心灵还被困居在里面。到什么时候才算过去呢？就是你想起来的时候，充满了包容和宽谅，并且不为它所烦恼，那才是真正过去了。"

"做得到吗？"

"做得到的，在这个世界上为情沉溺的人固然很多，但从沉溺中走到光明的岸上的人也不少。因为他们救拔了自己，不为情所困。"

我把情说成是沉溺，把救拔说成是走到光明的河岸，是有道理的。我们在祝福一对新人时，最常用的一句话是"永浴爱河"。

"爱河"的譬喻出自《华严经》，华严经上说：

"随生死流，入大爱河。"为什么说是爱河呢？由于爱欲和河一样具有三种特性：

第一种是容易使人沉溺，不易自拔。

第二种是爱欲的心就像河水一样，能浸染人最深的地方，例如我们用铁锤击石，石头会碎裂，但不能击碎每一个分子，可是如果我们把石头丢入河里浸染，它可以濡湿石头的任何一个分子，年深日久甚至把它们分解成粉末。

第三种是难以渡越，不管是贩夫走卒，王公将相，都无法一步跨过河的对岸，同样的，第一步从爱的束缚中走过也非常不易。

我想起《杂阿含经》里记载的一个故事：有一次释迦牟尼对弟子说法，他问他们："你们认为是天下四个大海的水多，还是在过去遥远的日子里，因为和亲爱的人别离所流的眼泪多呢？"

释迦牟尼的意思是，从遥远的过去，一生而再生的轮回里，在人无数次的生涯中，都会遇到无数次离别的时刻，而流下数不尽的眼泪，比起来，究竟是四大海的海水多，还是人的眼泪多呢？

弟子回答说："我们常听见世尊的教化，所以知道，四个大海总量的总和，一定比不上在遥远的日子里，在无数次的生涯中，人为所爱者离别而流下的眼泪多。"

释迦牟尼非常高兴地称赞了弟子之后说："在遥远的过去中，在无数次的生涯中，一定反复不知多少次遇到过父母的死，那些眼泪累计起来，正不知有多少！在遥远的无数次生涯中，反复不知多少次遇到孩子的死，或者遇到朋友的死啊！或者遇到亲属的死啊！每一个人为所爱者的生死离别含悲而流的眼泪，纵是以四个大海的海水，也不能相比啊！"

这是多么可叹可悲，人因为情苦与情困，不知道流下多少宝贵的泪珠。情困如此，物困亦足以令人落泪，束缚在情与物中的人固然处境堪怜，究竟不能算第一流人物。

什么是第一流人物呢？古人说："山中何所有，岭上多白云。只可自怡悦，不堪持赠君。"自是第一流人物。

第一流的人物看白云虽是至美，却不想拥有，只想心领神会，这是多么高的境界。当我们知道其实在今生今世，情如白云过隙，物则是梦幻泡影，那么还有什么可以抱老以终的呢？

第一流人物犹如一株香花，我们不能说这株花是花瓣香，也不能说是花茎香；我们不能说是花蕊香，也不能说是花粉香；当然不能说是花根香，也不能说是花叶香……

因为花是一个整体，当我们说花香时，是整株花的香。困于情物的人，往往只见到自己的那一株花里的一小部分的香，忘失了那株花，到后来失去了自己，因此，这样的人不能说是第一流的人物。

第一流的人物，不在于拥有多少物，拥有多少情，而在于能不能在旧物里找到新的启示，能不能在旧情里找到新的智慧，进出无碍。

万一不幸我们正在困局里，那么想一想：如果我是一只蛹，即使我的茧是由黄金打造的，又有什么用呢？如果我是一只蝶，身上色彩缤纷，可以自在地飞翔，则即使在野地的花间，也能够快乐地生活，又哪里在乎小小的茧呢？

可叹的是，大多数人舍不得咬破那个茧，所以永远见不到真正的自我，真正的天空。

欢乐中国节

　　传说在中国有三位修行者，没有人知道他们的名字，只知道他们是爱笑的圣人，因为当人们看到他们时，他们总是在笑，从一个城市笑到另一个城市。

　　每到一个新城市，他们就会在市场、街道，或广场中央大笑，使附近的人都过来围着他们；慢慢地，本来迟疑的人也走过来了，像口渴的人走向井边。顾客忘了他们要买什么，店主把店铺关了，一起到这三个人的旁边，看他们笑。

　　他们的笑是那么自在、那么无碍、那么优美、那么光辉，使旁观的人都深深地感动了，因为生活在市集里的人从没有那样笑过，甚至已经忘记人可以那样笑着。

他们的笑会感染，旁观的人开始笑，然后所有的人都笑了。就在几分钟前，那市场是个丑陋的地方，人们有的只是贪婪、嗔恨、愚痴，卖的人只想到钱和渴望钱，买者则只想贪小便宜。他们的笑改变了市场的气氛，使所有的人汇成一体，欢欣、无私、互相欣赏，就好像很久才有一次的节庆。

人们先是笑，忘记了是要买或是要卖；随后，人们真心笑了；最后甚至围着三个人忘情地跳舞，仿佛进入一个新世界。

由于这三个人所到之处都带着欢笑，使他们行经之地都变成天堂，所有的人都喜欢见到他们，称他们是"三个爱笑的圣人"。

当圣人的名字传扬开来，就有人来问道："给我们一些启示，教导我们一些真理吧！"

他们说："我们没有什么好说，只是不断地笑！"

他们走遍全中国，从一地到另一地，从城市到乡村，帮助人们云笑、去开发内在的笑意，凡是悲伤、哀痛、贪婪、嗔恨、愚笨的人都跟着他们笑，慢慢地，人们懂得笑了，生命就得到了崭新的蜕变，就像是一只丑陋爬行的虫化成了斑灿自由的彩蝶。

他们的日子就在笑中度过。

有一天，三个爱笑的圣人之一过世了。村人聚集着说："他们的友谊那么好，现在另外两位一定会哭的吧！他们不可能再笑了。"

但是，当村民看到他们时都吃了一惊，因为他们正在笑，在唱歌跳舞，在庆祝最好的朋友离开这个世界。

村民充满疑惑，并且有一点生气地说："你们这样太过分了，一个人死了是多么悲伤的事，你们还笑、还跳舞，这对死去的人是多么不敬！"

两个微笑的圣人说："我们的一生都在笑里度过，我们必须欢笑，因为对一位一生都在笑的人，欢笑是最好的、也是唯一的告别。而且，我们不觉得他过世了，因为生命不死，笑着离开的人一定会笑着回来！"

笑是永恒的，就像波浪推动，而海洋不变；生命是永恒的，就像演员下台了，戏剧仍在进行；大化是永恒的，花开花落，树却不会枯萎。可惜，村民不能了解这些，所以那天只有他们两人在笑。

尸体要焚化之前，村民说："依照仪式，我们要给他洗澡，换一套干净的衣服。"

但是两个微笑的圣人说："不！我们的朋友生前就吩咐不举行任何仪式，只要按照他原来的样子放在焚化台上面就好了。"于是，死者被以本来面目放在焚化台上焚烧。

当火点燃的时候，突然之间，烟火四射，原来那个老人在他的衣服里藏着许多节庆的鞭炮和烟火，作为他送给观礼者的礼物。

烟火飞扬到高空，爆开时有各种缤纷的颜色，闪亮的火光照耀了整个村落。

本来微笑的圣人疯狂地笑了起来，村民也笑起来，马路、树木、花草，甚至焚烧尸体的火焰都在笑着；然后大家开始快乐地跳舞，过了村落有史以来最大的庆祝会。在欢笑与跳舞的时候，大家感觉那不是一个死亡，而是一个新生命的开始、一个全新的复活。

最后大家都知道了：如果人能快乐地归去，死亡就不能杀人，反而是人杀掉了死亡；如果能改变死亡的悲伤，知道生死的实相，人就不会有什么损失了！

对我们来说，只有当我们知道快乐与悲伤是生命必然的两端时，我们才有好的态度来面对生命的整体。

如果生命里只有喜乐，生命就不会有深度，生命也会呈单面的发展，像海面的波浪。

如果生命里只有悲伤，生命会有深度，但生命将会完全没有发展，像静止的湖泊。

唯有生命里有喜乐有悲伤，生命才是多层面的、有活力的、有深度、又能发展的。

遇到生命的快乐，我要庆祝它！遇到生命的悲伤，我也要庆祝它！庆祝生命是我的态度，不管是遇到什么！快乐固然是热闹温暖，悲伤则是更深刻的宁静、优美，而值得深思。

在禅里，把快乐的庆祝称为"笑里藏刀"——就是在笑着的时候，心里也藏着敏锐的机锋。

把悲伤的庆祝称为"逆来顺受"——是在艰苦的逆境中，还能发自内心地感激，用好的态度来承受。

用同样的一把小提琴，可以演奏出无比忧伤的夜曲，也可以演奏出非凡舞蹈的快乐颂，它所达到的是一样伟大、优雅、动人的境界。

人的身心只是一个乐器，演奏什么音乐完全要靠自己。所以，即使在最悲伤的时候，也让我们过欢乐中国节吧！

好的小孩教不坏

有一回去参加有关青少年问题的座谈会，与会的专家都大谈教育问题，最后轮到我发言，我说关于教育我的看法很简单，只有两句话，第一句是"好的小孩教不坏"，第二句是"坏的小孩教不好。"

与会的人都大感惊诧，因为既然是这样，教育就无用了，还需要教育干什么呢？

这两句话并不是反对教育的功能，而是说透过教育所能做的事务实在非常有限，这个观点是从佛法的观点出发的。因为从因果律上看每一个孩子投生到这世界就像是一粒种子，种子虽小，却一切都具足了。

假如这一粒是榕树的种子，那么就要以榕树的特质来帮助种子的成长，但是不管多么努力照顾，榕树的可能性是：一变成大榕树，二变成小榕树，三根本不发芽成长。纵使用尽一世资源，也不可能使榕树的种子成为松树，或成为现在最昂贵的的红豆杉。

教育可以做的范围大概如此，即使再天才的教育家也不应该渴望把榕树变成松树，比较不幸的是，我们目前的教育，似乎都是在努力着，希望每一个小孩子都成为红豆杉，于是耗神费力地做改变种子特质的工作，这是因为大家都是相信红豆杉才是最有价值的缘故。其实，国宝级的红豆杉固然可以做雕刻、做家具，平凡的榕树又何尝不能做风景，不能让人在庙前乘凉呢？

教育，是在使一棵红豆杉长成好的红豆杉，尽其所用；也在使一棵榕树成长为好榕树，不负其质，如果教育是使红豆杉变成榕树，或榕树长得像红豆杉，那就完全错了。齐头式的教育，将会使许多红豆杉变成榕树，或榕树长得像红豆杉，那就完全错了。

齐头式的教育，将会使许多红豆杉或榕树不能长成他们本质的样子。

只有立足平等的教育，使草木自己成长，每个人的本质才都得以发挥。

我主张"好的小孩教不坏，坏的小孩教不好"的第二个原因，是认为教育最要紧的是唤起人内在的渴望，而不在于填塞什么内容。

一个小孩如果内在的渴望被唤起，真正想为这渴望去努力，他就不容易变坏了。这渴望，就是我们幼年时代常常写作文的"我的志愿"，那志愿如果不是口号，而是了解自我本质后的确立，渴望就产生了。

举例来说，像舞蹈家林怀民、音乐家李泰祥、电影导演侯孝贤、剧场导演赖声川、雕刻家朱铭，这些充满创造力的人物，他们的教育并没有成为艺术家的环境，由于他们的成就动机（也就是渴望），他们走上了自我教育，就比较能成功。

反之，一个孩子的内在渴望没有被唤醒，他可能造成两个极端，一是庸庸碌碌终其一生，一是充满反社会的倾向。这就像我们不管土质，把洋芋、番薯、稻子、西瓜、松树全部种在一片地上，有的就不会结果，有的就会破坏水土。其实，教育的原理由大自然的培育与生态间就可以看到相同的道理。

"好的小孩子教不坏，坏的小孩子教不好"的第三个原因，是身教重于言传。我们要孩子有好的本质，必须自己先有好的本质，这样孩子们就不致因环境的关系走上岔路。

这道理很简单，就像小的孔雀一定要养在孔雀群中，它才会知道如何学习开屏，做一只美丽的孔雀；若把孔雀养在鸡群，孔雀到后来就会像一只鸡一样。孟母三迁的道理就在于此。

我把这种身教重于言传的说法，用现代一点的语言就是"典型的确立"，我们的孩子们如果从小有好的典型或偶像，那么纵使教育没有提供足够的资源，他依然有成就动机，成功的可能就大得多。我自己的环境就没有提供成为作家的资源，由于小时候的偶像都是诗人作家，也就自然地走向作家之路。

我们大致上都可以同意，关于教育，人格比学问重要，智慧比知识重要。一个孩子若有健全的人格，而且有生活的智慧，不仅他自己会过得平安快乐、也会成为社会的正面因素。如果我们教了许多有学问、有知识的人，却人格不健全，生活贫血，那么多是整个教育、整个社会的悲哀。

天下太平的线索，就是每一个人都确立了生命的好品质，可叹的是，这个社会愈来愈重视包装而忽视品质了，"好的小孩教不坏，坏的小孩教不好"的结论是，如果钻石被磨出来了，不管怎么包装，都依然是耀眼的。

季节之韵

在这冬与春的交界，有时候感觉不是一季要变为另一季，而是每天就是一季，尤其是天气如此阴晴不定，昨天才冷得彻人，今天就要换上夏衫，以为从此就是好日子了，明天又是一道冷锋，悄悄地从远方袭来，这时候会想起憨山大师的一首禅诗：

> 世界光如水月，
>
> 身心皎若琉璃，
>
> 但见冰消涧底，
>
> 不知春上花枝。

　　春上花枝确实是一种"不知"，它仿佛是没有预告的电影，默默地上映，镜头一瞥，就是阳光灿烂，花团锦簇了。

　　比较长期而固定的剧本，是百货公司打折的招牌，从八折、七折、五折、三折，忽然打到一折了，那打折的不仅是服装，而是一点一点在飘去的冬季，冬季都打到一折了，春天就要从那谷底生发出来。

　　百货公司彻底的打折，是一种季节的预告，也是一种欲望的牵引，其实我们冬季的衣服已经够穿，而今年再也没有机会穿，却因为打折，满足了我们对明年冬季的期待，许多人因此花很便宜的价钱买下要封存整季（或者更久）的服装。表面上看来，或许今年的冬天不必再添置新装，但到了冬天，我们又会有新的欲望、新的渴求，也因此，打折是永无休止的。

　　服装的价格与美学，因为打折而被混淆了。本来我们应该选择那些精美的服饰，买上少数的几件，却往往因为贪求便宜，而买了许多品质不是很好，自己不是很喜欢的东西。由于外在环境的打折，我们对于美的要求也随之打折，心灵也跟着打折了。

其实，对于季节，或是心灵的创发，我们应该有一种决然的态度，也就是把全部的精神力投注于某一个焦点，以生命来融入，既不留意去年冬季的残雪，也不对今年的冬天做过度的期待。现在既然是春天了，与其逛街去闲置冬装，还不如脱下重装，体验一下春天的自由与阳光。因为去年的冬天已不可追回，今年的冬季则还寄放在无何有之乡。

有一个故事可以说明这样的心情：

一粒榕树的种子偶然落在地里，它对自己生命的未来感到迷惑，抬起头来看见一棵百年的榕树——它的母亲——正昂然地站立在蓝天的背景下。

种子说："妈妈，您怎么能如此伟大地站立在大地之上呢？"

榕树说："这不是伟大，只是一种自然的生长呀！我们在季节中长大，吸收雨露阳光，甚至接受狂风与闪电的考验，每一粒榕树的种子，只要健康就会长大，你也一样呀，孩子！"

种子说："可是，妈妈！为什么我一直都住在如此阴暗潮湿的土地里呢？我要如何才能像您一样挺立呢？"

"首先，我的孩子，你必须要消失，把自己融入泥土里，然后发芽，变成一棵树，有一天你就能像我一样，享受蓝天、阳光与和风呀！"

"妈妈，我要先消失，这多么可怕呀！万一我消失融入土里，没有长成一棵树，而变成一点泥土呢？这样太冒险了，还是让我保留一半是种子，一半长成树木吧！"

种子于是自己做了这样的主张，只选择了一半的消失，妈妈长叹一声。不久，那榕树的种子变成泥土，完全地消失了。

生命的成长、季节的成长也是这样决然的。一个人如果没有全身心投入此刻的融入，真实的发芽就变成不可能。放下一半的自我，不会是全然的自我。一株花如果不用全心来凋谢，就没有足够的养分长出树叶；一粒种子如果不全心地来消失，就不会从内在最深处长出芽来。

因此，我们的生命不能打折！

大慧宗杲禅师也有一首优美的诗来说这种心情：

桶底脱时大地阔，

命根断处碧潭清。

好将一点红炉雪，

散作人间照夜灯。

季节里年年都有冬季，人生里不也是常常面对着寒冷的冬季吗？泉自冷时冷起，峰从飞处飞来。在那无限的轮替之中，有没有一个洞然明白的观照呢？

人间照夜的灯火，是来自红炉中雪融的时刻。让我们以一种泰然欣赏的态度走过打折的市招，让我们知道生命的真实之道，是如实知见自己的心，没有折扣！

总有群星在天上

我沿着开满绿茵的小路散步，背后忽然有人说："你还认识我吗？"

我转身凝视她半天，老实地说："我记不得你的名字了。"

她说："我是你年轻时第一次最大的烦恼。"她的眼睛极美，仿佛是大气中饱孕露珠的清晨，试图唤醒我的回忆。

我默默地站了一会儿，感到自己就是那清晨，我说："你已卸下了你泪珠中的一切负担了吗？"

她微笑不语，我感觉到她的笑语就是从前眼泪所化成的。

"你曾说，"看到我有如湖水般清澈平静，她忍不住低声地说："你曾说，你会把悲痛永远刻在心间。"

我脸红了，说："是的，但岁月流转，我已忘记悲痛。"

然后，我握着她的手说："你也变了。"

"曾经是烦恼的，如今已变成平静了。"她说。

最后，我们牵着手在开满绿茵的小路散步，两个人都像清晨大气中饱含的露珠，清澈、平静、饱满。

昨天悲痛的露珠早已消散，今晨的露珠也在微笑中，逐渐消散了。

这是泰戈尔《即兴诗集》里的一段，我改写了一点点，使它具有一些"林清玄风格"，寄给你。我觉得这一段话很能为我们情爱的过往写下注脚。我偶尔也会遇见年轻时给我悲痛与烦恼的人，就感觉自己很能接近这首叙事诗的心情了。

我很能体会你此时的心情，因为不想伤害别人，以致迟迟不能做出分手的决定。你是那样的善良与纯真（就像我的少年时代），可是，往往因为我们不忍别人受伤，到最后，自己却受了最大的伤害，那就像把一支蜡烛围起来烧一样（因为我们怕烧到别人），自己承受了浓烟和窒息。其实，只要我们把蜡烛拿到桌面上，黑暗的房子看得更清楚，自己和别人说不定因此有一些光明与温暖的体会。

　　这些年来，我日益觉得智慧的重要。什么是"智慧"呢？智是观察和思考的能力，慧是抉择与判断的能力。你的情形是很容易做观察和抉择的。爱上你的人是你不该爱的人，而选择分手可以使你卸下负担得到自由，为什么不选择及早地分手呢？你不忍对方受伤害，但是，爱必然会带着伤害，特别是不正常不平衡的爱，伤害是必然的，我们要学习受伤，别人也要学习受伤呀！

　　我再写一首泰戈尔的短诗给你：

　　烟对天空、灰对大地自夸：

“火是我们的兄弟。”

悲伤对心、烦恼对生命自矜：

“爱是我们的姊妹。”

问了火和爱，他们都说：

“我们怎么会有那样的兄弟姊妹？”

“我的兄弟是温暖和光明。”火说。

“我的姊妹是温柔与和平。”爱说。

在我们生命的岁月里，火和爱或许是必要的，但不必要弄得自己烟尘滚滚、灰头土脸，也不必一定要悲伤和烦恼，那就像每天有黎明与日落一般，大地是坦然地承受罢了。不正常与不平衡的爱是人生最好的启蒙，就如同乌云与暴风雨是天空最好的启示一般。

关于心、关于生命，没有什么是真正的伤害，也没有什么是真正的好。雨在下的时候可能觉得自己对茉莉花是有好处的，但盛开的茉莉花可能因为一场微雨凋落了；曝晒的阳光可能觉得自己会伤害秋日的土地，但土地中的种子却因为阳光能青翠地发芽了。爱情的成熟与圆满正是如此，只要不失真心，没有什么可以伤害我们真实的生命。

在写信给你的时候，我的思想像一只天鹅飞翔，忆起自己在笔记上写过的一些东西：

箭在弓上时，箭听见弓的低语：

"你的自由是我给予的。"

箭射出时，回头对弓大声说：

"我的自由是我自己的。"

——没有飞翔，就没有自由。

——没有放下，就没有自由。

——没有自由，弓与箭都失去意义。

这些都是游戏的笔墨，我们千万别忘了弓箭之后有拉弓的力，力之后还有人，人还要站在一个广大的空间上。

人人都渴望爱情，即使我们正处在其中的爱情不是最好的，却因为渴求而盲目了，这一点连天神也不例外。希腊神话里太阳神阿波罗在追求猎户少女达芙妮时，因为追不到，使她被父亲化成一棵月桂树，然后感叹地说："你虽不爱我，但最低限度你必须成为我的树。"从此，阿波罗的头上总是戴着月桂冠，纪念他对达芙妮的爱。牧神潘恩则把女神灵化成一簇芦苇，并把她化成一枝芦笛随身携带。世上最美的少年勒施萨斯无法全心地爱别人（因为他太爱自己了），最后他化为池中的一朵水仙花。另一位美少年海亚仙英斯则因为阿波罗的嫉妒而变成一枝随风漂泊的风信子……

神话是一个象征，象征人要从情爱中得到自由自在、无碍解脱是多么艰难呀！但是学习是人间的功课，到现在我还在学习，只是我每看到人在情爱中挣扎都是感同身受，希望别人早日得到超越，那是因为我们的学习不一定要自己深陷泥沼才会体验到，有观照之智、抉择的慧，也知道那泥沼的所在和深浅，绕道而行或跨步而过。

希望下次收到你的信，就听见你的好消息。我们不必编月桂冠戴在头上，不必随身携带芦笛，人生有许多花朵等我们去采。如果只想采断崖绝壁那一朵绝美的百合，很可能百合没有采到，清晨已经消逝了。

　　青春的珍惜是最重要的。在不正常不平衡的爱里浪掷青春，将会使人生的黄金岁月过得茫然而痛苦。青春像鸟，应该努力往远处飞翔。爱情纵使贵如黄金，在鸟的翅膀绑着黄金，也会使最善飞翔的鸟为之坠落！

　　屋里的小灯虽然熄灭了，

　　但我不畏惧黑暗，

　　因为，总有群星在天上。

　　爱情虽然会带来悲伤，

　　一如最美的玫瑰有刺，

　　但我不畏惧玫瑰，

　　因为，我有玫瑰园，

　　我只欣赏，而不采摘。

但愿这封信能抚慰你挣扎的心，并带来一些启示。

不管多么卑微的草，只要我们找一个好的花盆，有心去照料，它就会自然展出内在深处不为人见的美质。由于我们在种植时没有得失的心，使我们与花草都得到舒展与自在，蓦然回首，常看到一些惊人的美。

家家有明月清风

到台北近郊登山，在陡峭的石阶中途，看见一个不锈钢桶放在石头上，外面用红漆写了两个字"奉水"，桶耳上挂了两个塑胶茶杯，一红一绿。在炎热的天气里喝了清凉的水，让人在清凉里感觉到人的温情，这桶水是由某个居住在这城市里陌生的人所提供的，他是每天清晨太阳未升起时就提这么重的一桶水来，那细致的用心是颇能体会到的。

在烟尘滚滚的尘世，人人把时间看得非常重要，因为时间就是金钱，几乎到了没有人愿意为别人牺牲一点点时间的地步，即使是要好的朋友，如果没有重要的事情，也很难约集。但是当我在喝"奉水"的时候，想到有人在这上面花了时间与心思，牺牲自己的力气，就觉得在忙碌转动的世界，仍然有从容活着的人。

这使我想起童年住在乡村，在行人路过的路口，或者偏僻的荒村，都时常看到一只大茶壶，上面写着"奉茶"，有时还特别钉一个木架子把茶壶供奉起来。我每次路过"奉茶"，不管是不是口渴，总会灌一大杯凉茶，再继续前行，到现在我都记得喝茶的竹筒子，里面似乎还有竹林的清香。我想，有时候人活在这个人世，没有留下任何名姓也不是什么要紧的事，只要对生命与土地有过真正的关怀与付出，就算尽了人的责任。

很久没有看见"奉茶"了，因此在台北郊区看到"奉水"时竟低徊良久，到底，不管是茶是水，在乡在城，其中都有人情的温热。山道边一杯微不足道的凉水，使我在爬山的道途中有了很好的心情，并且感觉到不是那么寂寞了。

到了山顶，没想到平台上也有一个完全相同的钢桶，这时写的不是"奉水"，而是"奉茶"，两个塑胶杯，一黄一蓝，我倒了一杯来喝，发现茶是滚热的。于是我站在山顶俯视烟尘飞扬的大地，感觉那准备这两桶茶水的人简直是一位禅师了。在完全相同的柜里，一冷一热，一茶一水，连杯子都配得恰恰刚好，这里面到底是隐藏着怎么样的一颗心呢？

我一直认为不管时代如何改变，在时代里总会有一些卓然的人，就好像山林无论如何变化，在山林中总会有一些清越的鸟声一样。同样的，人人都会在时间里变化，最常见的变化是从充满诗情画意、逍遥的心灵，变成平凡庸俗而无可奈何，从对人情时序的敏感，变为对一切事物无感。我们在股票号子里看见许多瞪着看板的眼睛，那曾经是看云、看山、看水的眼睛；我们看签六合彩的双手，那曾经是写过情书与诗歌的手；我们看为钱财烦恼奔波的那双脚，那曾经是在海边与原野散过步的脚。我们的眼耳鼻舌身意看起来仍然是与二十年前无异，可是在本质上，有时中夜照镜，已经完全看不出它们的联结，那理想主义的、追求完美的、每一个毛孔都充满了光彩的我，究竟何在呢？

清朝诗人张灿有一首短诗："书画琴棋诗酒花，当年件件不离他；而今七事都更变，柴米油盐酱醋茶。"很能表达一般人在时空中流转的变化，从"书画琴棋诗酒花"到"柴米油盐酱醋茶"，人的心灵必然是经过了一番极大的动荡与革命，只是凡人常不自觉自省，任庸俗转动罢了。

有人问我，这个社会最缺的是什么东西？

我认为最缺的是两种，一是"从容"，一是"有情"。这两种品质是大国民的品质，但是由于我们缺少"从容"，因此很难见到步履从容、识见高远的人；因为缺少"有情"，则很难看见乾坤朗朗、情趣盎然的人。

社会学家把社会分为青年社会、中年社会、老年社会，青年社会有的是"热情"，老年社会有的是"从容"。我们正好是中年社会，有的是"务实"，务实不是不好，但若没有从容的生活态度与有情的怀抱，务实到最后正好是"柴米油盐酱醋茶"，牺牲了"书画琴棋诗酒花"。一个彻底务实的人正是死了一半的俗人，一个只知道名利实务的社会，则是僵化的庸俗社会。

人生的幸福在很多时候是得自于看起来无甚意义的事，例如某些对情爱与知友的缅怀，例如有人突然给了我们一杯清茶，例如在小路上突然听见冰果店里传来一段喜欢的乐曲，例如在书上读到了一首动人的诗歌，例如偶然听见桑间濮上的老妇说了一段充满启示的话语，例如偶然看见一朵酢浆花的开放……总的说来，人生的幸福来自自我心扉的突然洞开，有如在阴云中突然阳光显露、彩虹当空，这些看来平淡无奇的东西，是在一株草中看见了琼楼玉宇，是由于心中有一座有情的宝殿。

"心扉的突然洞开"，是来自从容、来自有情。

我时常想起童年时代，那时社会普遍贫穷，可是，大部分人都有丰富的人情，人与人之间充满了关怀，人情义理也不曾被贫苦生活昧却，乡间小路的"奉茶"正是人情义理最好的象征。记得我的父亲常挂在嘴上的一句话是："人活着，要像个人。"当时我不懂这句话的含义，现在才算比较了解其中的玄机。人即使生活条件只能像动物那样，人也不应该活得如动物失去人的有情、从容、温柔与尊严，在中国历代的忧患悲苦之中，中国人之所以没有失去本质，实在是来自这个简单的意念："人活着，要像个人！"

人的贫穷不是来自生活的困顿，而是来自在贫穷生活中失去人的尊严；人的富有也不是来自财富的累积，而是来自在富裕生活里不失去人的有情。人的富有实则是人心灵中某些高贵物质的展现。

家家都有明月清风，失去了清风明月才是最可悲的！

下山的时候，我想，让我恒久保有对人间有情的胸怀，以及一直保持对生活从容的步履；让我永远做一个为众生奉茶供水，在热闹中得到清凉的人。